ANGÉLIQUE GÉRARD

—

UNE PLANÈTE À REMBOURSER !

EDITIONS KAWA

Remerciements

À Benjamin et à nos trois amours : Capucine, Gabin et Achille, notre « activiste écolo », pour leur indéfectible soutien, leur infinie patience et leur attention de tous les instants.

Une pensée à ma belle-famille, à qui la Terre a offert le meilleur et le pire, et qui m'a inspiré ce livre. J'ai osé pour eux, en hommage à leur courage de tous les instants.

Remerciements au CNEAC (Centre Nationale d'Enseignement Agricole à Distance) et à ses équipes qui m'ont soutenue et encouragée durant cette année si importante pour moi. Ainsi qu'à mes compagnes d'étude, Marguerite et Constance, pour nos partages et nos échanges si enrichissants.

Remerciements à la « Convention des Entreprises pour le climat » pour la formation 2022 « Cap 1,5° » afin de réfléchir autrement, innover mieux avec moins, ainsi qu'à La Fresque du climat qui contribue à la sensibilisation de milliers, voire de centaines de milliers de personnes chaque année. À tous ceux qui sont engagés sur une feuille de route régénérative !

Aux éditions Kawa et plus particulièrement à Xavier Wargnier, pour leur confiance et leurs convictions en matière de transition environnementale.

Et, au bout du compte, à cette armée de « colibris » qui, en silence et avec constance, prennent soin de la planète par des gestes quotidiens et bienveillants.

Table des matières

Préambule

Combien sont-ils ? ...

Combien sont-ils ces agriculteurs dont l'élégante pudeur a toujours refusé de montrer leur désespoir à leur famille et leurs amis. Tout allait bien. Jusqu'au jour où ils furent découverts pendus dans la grange. Combien allons-nous retrouver de ces agriculteurs, de ces betteraviers notamment, qui risquent d'être ruinés après que l'interdiction du Glyphosate a ouvert la porte aux pucerons verts et noirs, ravageant leurs récoltes jusqu'à quatre-vingts pour cent pour les plus atteintes des exploitations. L'autorisation provisoire décrétée en urgence a tout juste limité une casse dont les conséquences sociales et humaines arriveront tôt ou tard.

Née dans un département qu'on nomme « périurbain », entre une ruralité absolue et une urbanisation de plus en plus conquérante, je fus imprégnée, dès l'enfance, de ces deux univers. Je me souviens encore des dimanches où j'accompagnais mon père – amateur aussi éclairé que passionné – quand il allait voir ses ruches. J'observais l'incessant ballet bien réglé des abeilles, entre les fleurs et leur habitat, admirative devant ce « professionnalisme » inné. J'ai rencontré également nombre d'agriculteurs, dans cette Île-de-France où les betteraviers fournissent une grande part du pays et exportent, rapportant à la France des devises bien utiles par les temps qui courent (même si ce ne sont plus les années fastes, j'y reviendrai). Pour une bonne part d'entre eux, ils sont – ou risquent d'être – au bord de la faillite. Malgré la réaction de l'État, le mal est fait en grande partie.

Depuis plusieurs décennies maintenant, ce conflit entre mes deux mondes n'a fait que s'exacerber. Jusqu'à tomber dans le ridicule quand certains en arrivent à porter plainte et aller en justice à cause d'un coq qui chante ou d'un âne qui brait. Ces « néoruraux » comme on les nomme, veulent imposer un seul mode de vie : le leur. Ignorant la réalité de la campagne, ils l'ont idéalisée, aseptisée, de la manière qui les arrange, sans le respect qui s'impose vis-à-vis de ceux qui y vivent et l'entretiennent depuis des siècles.

Et les choses vont en empirant, portées par une époque où les crispations se multiplient. Où l'urbanisation va bientôt regrouper la majorité des humains. Où les terres agricoles se réduisent à peau de chagrin. Où l'écologie politique a kidnappé les sujets environnementaux, nouveaux ayatollahs persuadés de détenir une sorte de vérité sacrée Où, entre maltraitance animale et défense de traditions ancestrales, nous ne supportons plus rien ni personne qui n'est pas à notre image.

Oui, mais pourquoi une cheffe d'entreprise dans le high-tech vient-elle s'immiscer dans un débat qui, à première vue, ne concerne pas son secteur ? La réponse est simple : parce qu'avant d'être une cheffe d'entreprise, je suis une citoyenne. La crise de la Covid 19 a montré certaines de nos carences et de nos faiblesses.

» Nous sommes de moins en moins concitoyens et de plus en plus consommateurs : de sécurité, de soins, de propreté... Sans jamais se demander ce que nous pouvons faire pour les gens autour de nous, notre ville ou notre pays.

» Pris dans notre course folle, nous avons abandonné le terrain aux experts en tous genres, les laissant monopoliser le débat avec les politiques. S'ils sont essentiels à notre compréhension des enjeux et problématiques, eux-mêmes affirment qu'ils ne font que donner des indications pour guider notre réflexion.

» Il ne reste guère que des gens désemparés qui, pour se rassurer, ne s'expriment plus qu'à travers des propos péremptoires et sans fondement.

Alors je prends la plume, simplement parce que mon droit est de pouvoir m'intéresser à tout ce qui se joue dans mon pays.

Angélique GÉRARD

1.
Une rapide mise en perspective

À la fin de la Première Guerre Mondiale, sont détruits :

- 660 000 habitations.
- 20 000 bâtiments publics et industriels.
- 200 000 exploitations agricoles.

Des destructions principalement cantonnées dans le nord-est de la France. Quant au reste du pays, s'il subissait aussi les affres du conflit, et si la peur régnait, l'intégrité des populations n'était pas directement menacée, le doute pouvait subsister.. Paris était déjà – et restait – une fête, même si l'on pouvait trembler pour un mari, un père ou un fils. Les restaurants et les brasseries chics étaient toujours aussi courus. Une vie presque normale qui pouvait faire oublier qu'une guerre se déroulait à quelques centaines de kilomètres.

À la fin de la Seconde Guerre Mondiale :

- 1 900 000 habitations sont détruites (un cinquième du pays).
- 120 000 bâtiments publics et industriels sont détruits.
- 250 000 exploitations agricoles sont détruites (bien moins, en proportion de la population, que suite au premier conflit).

Cette fois, les destructions ont lieu un peu partout sur le territoire. Les avions, bien plus performants, et leurs bombes, ont été sauvagement ravageurs. À cela s'ajoutent les sabotages de la Résistance qui avait aussi ses impératifs et son efficacité pour la victoire finale. Des chiffres qui montrent surtout en sous-jacent que la société française a fortement muté pendant l'entre-deux-guerres. Bien sûr, la France reste encore un pays fortement rural à ce moment-là, mais elle est en train de s'urbaniser de manière exponentielle.

Même si ce n'est pas le sujet central de ce livre, un autre élément apparaît comme déterminant : le Conseil national de la Résistance. Créé par Jean Moulin en 1943, à la demande du général de Gaulle, peu avant son arrestation et son assassinat par les nazis, il est ensuite présidé par Georges Bidault. C'est sous l'impulsion de ce dernier qu'un embryon de programme politique va voir le jour, validé cette même année 1943 par de Gaulle. Création de la Sécurité sociale pour tous, retraite étendue à toutes les catégories de salariés – à l'exception des commerçants et artisans –, nationalisation des grandes entreprises industrielles et financières... Tout ceci sous la pression du Parti communiste dont la place dans la Résistance est prépondérante et qui, à la Libération, va représenter le quart des électeurs. C'est ainsi que naît le principe de « l'État-providence ». Un État démiurge qui devient l'alpha et l'oméga de la nation, en s'occupant de tout et de tous.

Principe qui continue d'influencer la politique française et qui est toujours très ancré dans notre culture. Ce point est important car il détermine encore aujourd'hui les choix opérés par nos dirigeants. C'est à ce moment-là que le piège de l'urgence apparaît et demande une mise en perspective.

En 1945, cette fois, c'est l'ensemble du territoire français qui est ravagé. Dès lors, deux impératifs s'imposent : se loger et se nourrir.

Côté logement, tout est à refaire. Qui n'a pas en mémoire les villes comme Caen, Le Havre ou Royan, rasées par les bombes des Alliés pour débusquer ce qu'il restait alors de l'armée allemande ? Déblayer et reconstruire est une priorité absolue pour permettre à une population meurtrie de se mettre à l'abri. Le ministère de la Reconstruction et de l'Urbanisme est créé en 1945, afin de coordonner les efforts. Des efforts qui attendront encore quelques années, les dirigeants d'alors privilégiant la remise en route de l'administration pour faire tourner le pays et la reconstruction de l'armée, pour préserver les colonies. Pour le gouvernement provisoire de l'époque, cela semble plus important que d'abriter les Français, dont un cinquième des logements avait été détruit en totalité.

Dans un premier temps, on va construire à marche forcée. Ainsi naissent les nouveaux logements sociaux, des HLM qui vont tenter d'abriter le plus grand nombre dans les meilleures conditions possibles. On n'a pas le temps de s'attarder sur un urbanisme sophistiqué. On va à l'essentiel. Sortent alors de terre les « barres » et autres tours qui restent encore aujourd'hui les décors tristes de la périphérie des villes. À l'époque, elles permettent néanmoins de loger des centaines de milliers de foyers un peu partout. Quelques décennies plus tard, elles sont devenues de véritables bombes à retardement sociales, mais avait-on réellement le choix ? D'autant que les vagues migratoires, dans les années soixante, vont accentuer la pression. Les entreprises des Trente Glorieuses ont besoin de main d'œuvre bon marché qu'on va puiser dans les ex-colonies du Maghreb ou d'Afrique subsaharienne. S'installent alors de vastes bidonvilles, souvent le long des voies de chemin de fer.

Mais tout cela ne suffit pas et, à la demande du général de Gaulle, revenu au pouvoir depuis 1958, Paul Delouvrier, un grand commis de l'État, va planifier, autour de Paris par exemple, plusieurs ensembles urbains comprenant logements, mais également commerces, églises, écoles et centres sportifs, qui seront nommés « villes nouvelles » comme Cergy-Pontoise ou Saint-Quentin-en-Yvelines par exemple. Villes nées sans états d'âme en prenant sur des espaces agricoles.

Toute cette bonne volonté ne suffit toujours pas aujourd'hui – la France a littéralement passé trois quarts de siècle à « courir après la pendule ». La carence de logements entre l'offre et les besoins des Français reste la sempiternelle polémique renouvelée chaque année. Manque de moyens ? De volonté politique ? Décalage sociologique ? Sans doute un peu tout cela à la fois.

Effet pervers de cette conquête des villes sur les terres paysannes : l'accélération de l'exode rural depuis la Libération. Et c'est ainsi que nous arrivons au cœur du sujet qui va voir s'affronter les villes et les champs.

« Ils quittent un à un le pays – Pour s'en aller gagner leur vie – Loin de la terre où ils sont nés – Depuis longtemps ils en rêvaient – De la ville et de ses secrets – Du formica et du ciné »

La Montagne, Jean Ferrat, 1965

En 1920, un peu plus de 40 % des actifs travaillaient dans le secteur agricole. Tout de suite après 1945, ils étaient encore 31 % mais, compte tenu des destructions, la production agricole n'atteint que les deux tiers, générant l'inévitable rationnement. Puis, en 1948, le général américain Marshall, francophile convaincu, représentant le pays sorti principal vainqueur du conflit, propose un plan d'aide économique et industriel pour redresser le plus vite possible les pays européens ravagés par ce sauvage conflit.

Une aide non dénuée d'arrière-pensées plus mercantiles et stratégiques. Mercantiles car arrivent en masse les produits américains, et stratégiques puisque c'est à ce moment-là que naît le fameux *soft power* qui fera de Coca-Cola, de Hollywood Chewing Gum ou des cigarettes blondes les plus efficaces des ambassadeurs d'outre-Atlantique.

Si l'Amérique est généreuse, elle est aussi décidée à imposer son point de vue. Dans ce contexte, la productivité apparaît comme une évidence pour que chacun puisse se nourrir correctement à terme, à l'image des grandes fermes du Middle West ou du Texas.

Ces plaines infinies que la mécanisation, les pesticides et les engrais en tous genres ont rendu de plus en plus compétitives.

C'est alors que, d'une agriculture « de subsistance » on passe peu à peu à une « agriculture d'autosuffisance », donc bien plus productiviste. Une volonté affichée dès 1958 quand le général de Gaulle revient au pouvoir, et concrétisée par son Premier ministre, Michel Debré, et sa Loi de modernisation agricole, qui souhaite faire entrer la France agricole « dans l'ère moderne ». C'est à cette même période – et aussi sous son impulsion – que naissent les lycées agricoles qui remplacent les quelques fermes-écoles nées sous la Révolution. Améliorées au fil du temps mais sans réelle stratégie, elles sont ainsi restées une simple matière de l'enseignement général jusqu'en 1960.

Le *soft power* américain fonctionnant à plein, les paysans, devenus « exploitants agricoles », suivent sans états d'âme les concepts de leurs homologues américains. La mécanisation, des connaissances agraires de plus en plus pointues et l'aide des produits phytosanitaires issus de l'industrie chimique ont un triple effet : des rendements importants avec un besoin moindre de main-d'œuvre ainsi que deux nouvelles lignes de force : des rendements en question qui tournent à plein permettant – enfin ! – de nourrir une population qui sort peu à peu de ses souffrances, et enfin, l'exode rural qui atteint à cette période un pic jusqu'alors inconnu et qui ne se stabilisera qu'au milieu des années soixante-dix. En apparence seulement puisque, à proportion d'une population grandissante, les femmes et les hommes de la terre perdent régulièrement du terrain. En 1945, ils étaient dix millions d'actifs travaillant dans ce secteur pour quarante millions de Français, soit, vingt-cinq pour cent de la population. Aujourd'hui, la peau de chagrin se résume à un million d'actifs agricoles sur un total de soixante-sept millions : à peine plus de quatre pour cent. Conséquence presque mécanique, la concentration s'accélère. Les petites exploitations d'une vingtaine d'hectares disparaissent massivement tandis que celles de plus de cinquante hectares doublent entre la fin des années soixante et la fin des années quatre-vingt-dix. Un exode en grande partie responsable de cette balafre française qu'on nomme la « diagonale du vide », titre d'un ouvrage de l'écrivain Pierre Péju, expression rapidement abandonnée par les géographes, estimée trop péjorative ; formule popularisée depuis par le court-métrage d'Hubert Charuel, par ailleurs réalisateur du film *Petit paysan*.

Dans le même temps, au milieu des années cinquante, la population française vivant dans les villes était d'un peu plus de cinquante pour cent[1]. Aujourd'hui cette proportion dépasse les quatre-vingts pour cent[2]. Le piège est là, avec une improbable quadrature du cercle : comment le secteur agricole peut-il tenir son rang à l'exportation – le fameux « pétrole vert » évoqué par Valéry Giscard d'Estaing – avec une population agricole qui n'a jamais été aussi basse alors que la pression urbaine se fait de plus en plus prégnante ?

Restent deux éléments essentiels de cette mise en perspective : la révolte étudiante, puis syndicale, de mai 1968, et la mise en place de la Politique agricole commune (PAC), gage d'une Europe provisoirement unie.

Pour la première, entre prise de conscience d'une planète qui se dégrade et sorte de romantisme nostalgique du « retour à la terre », avec le conflit du Larzac en 1971[3], on découvre avec le philosophe autrichien Rudolf Steiner et, en 1924, avec le bio-

1. Centre d'Observation de la Société, groupe Compas, 5 mars 2019

2. INSEE FOCUS N° 210, étude de Vianney Costemalle, publiée le 21 octobre 2020

3. Le 11 octobre 1970, lors d'un congrès de l'UDR, André Fanton, alors secrétait d'État à la Défense du général de Gaulle, évoque l'idée d'agrandir le camp militaire situé dans le Larzac, pour soutenir économiquement et socialement le département de l'Aveyron qui survit économiquement et socialement, alors qu'une grande part du pays profite des Trente Glorieuses. Cent-huit exploitants sont concernés, dont des jeunes qui ont cru au « retour à la terre » après mai 68, très endettés, dont l'expropriation ne suffira pas à rembourser ce qu'ils doivent aux banques. Le 6 novembre 1971, à Millau, a lieu la première manifestation des agriculteurs contre ce projet.
Placée sous les feux de l'actualité par les médias, cette « résistance » attire l'attention des militants de toutes sortes. Des communistes aux nationalistes occitans, des trotskistes aux hippies de toutes obédiences. Et un militant qui va émerger rapidement auprès du grand public : José Bové. Cette « union sacrée » va multiplier les actions jusqu'à ce qu'en mai 1980 la Cour de cassation annule toutes les procédures d'expulsion. Puis François Mitterrand, élu président de la République en mai 1981, annonce l'abandon de ce projet lors d'un des tout premiers conseils des ministres.

chimiste Ehrenfried Pfeiffer, le principe de la « biodynamique », ouvrant ainsi une ère nouvelle aux différents concepts sur l'environnement. Nous y reviendrons car, quarante ans plus tard, si le principe est louable, voire indispensable à terme, il est totalement dévoyé par des arguments qui tiennent plus de l'idéologie sectaire que du sens des réalités.

Quant à la PAC, née du traité de Rome, elle voit le jour en 1962. Au départ, elle a constitué un instrument crucial pour éviter aux agriculteurs européens d'être submergés par la puissance américaine et empêcher les grands agriculteurs du Midwest, avec leurs milliers d'hectares de blé, d'orge et de maïs gavés de pesticides en tous genres, de noyer les consommateurs européens sous des produits quasi industriels et de médiocre qualité. Garantissant l'indépendance alimentaire de l'Europe et une plus grande productivité, elle a donné l'assurance d'un niveau de vie équitable aux agriculteurs, tout en poursuivant la taxation de nombreux produits importés. Effet pervers de ces bonnes intentions : la productivité explose à tel point que l'Union européenne reprend les excédents. Depuis, la PAC n'a pas cessé de se réformer et de réduire ses aides au fil des plans pluriannuels. Décourageant nombre d'agriculteurs, elle entraîne rapidement de nombreuses ventes malheureuses, lorsque ce ne sont pas des faillites avec saisies, dans le spectacle cruel et déchirant des ventes aux enchères, le paysan assistant, impuissant, à la dislocation de toute sa vie. C'est ainsi que la campagne bat peu à peu en retraite face aux villes toujours plus avides de terrains pour construire, encore et encore. Leurs habitants persuadés de leur humanité et de la justesse de leur combat.

En ce sens, l'exemple du département de la Seine-et-Marne est parlant. Sous la pression urbaine et ses besoins en construction, le département perdait environ 2 000 hectares par an dans les années quatre-vingts. Aujourd'hui, on parle d'un hectare au moins chaque jour, soit environ 400 hectares chaque année. Rien d'étonnant à cela compte tenu du prix exponentiel du mètre carré sur Paris et sa petite couronne, les familles étant de plus en plus nombreuses à devoir s'éloigner pour se loger dans les zones périurbaines dès lors qu'elles ont deux ou trois enfants à charge.

Un phénomène qui ne cessera pas de sitôt car les besoins restent importants, comme l'avait alerté dans les pages du *Figaro* le président de l'Institut de Management des Services Immobiliers, Henry Buzy-Cazaux, le 21 février 2019 : « Le pays va bien si on construit 400 000 à 450 000 logements par an, prévient-il. On est en train de descendre en dessous de ce seuil. »

Les agriculteurs de Seine-et-Marne vont donc continuer de voir leurs terres grignotées par le béton. Les plus petites fermes qui ne sont plus compétitives vont disparaître au profit de regroupements d'exploitations à même de rivaliser avec les autres pays d'Europe et de faire le poids dans le cadre d'une concurrence mondiale. Or, ce qui est valable pour les céréales qui occupent 80 % de la « surface agricole utile » (la Seine-et-Marne étant cinquième producteur français, exportant la moitié de sa production et autant de devises pour le pays[4]) ne l'est pas nécessairement pour d'autres cultures plus spécialisées : maraîchères, horticoles ou biologiques, par exemple. Idem pour l'élevage seine-et-marnais dont il ne reste plus que 250 fermes et 300 000 hectolitres de lait annuels seulement. Situation qui pèse sur la filière et réduit d'autant la production du fromage de Brie, par exemple. Curieuse conséquence que de voir un fromage si populaire devenir un produit rare, à l'instar du haut de gamme comme le Fontainebleau, du même département.

Voilà pour le passé. Reste à parler du présent, et de l'avenir...

4. Données de la préfecture de Seine-et-Marne, mises à jour le 13 juin 2018

2.
Le drame des betteraviers, révélateur de nos défis

— « *Oh, vous savez, je ne me faisais pas beaucoup d'illusions. J'ai vite compris qu'on nous mettait sur le fil du rasoir.* »

Depuis 2018 et l'interdiction des néonicotinoïdes, il avait bien tenté des traitements moins dangereux pour la planète mais c'était sans compter le phénomène de réchauffement climatique. En dépit du calendrier, jamais le printemps n'avait été aussi en avance en 2020, mordant sur un hiver déclinant.

6 février 2021, de la Champagne à la Beauce, des plaines du Nord à celles de la Brie, également en bien d'autres terres de France, c'est le soulagement. L'arrêté qui autorise le réemploi des néonicotinoïdes pour la seule culture de la betterave est désormais effectif. Sous certaines conditions toutefois : « *Leur mise en œuvre peut permettre d'anticiper le semis, la plantation ou la replantation des cultures visées à l'annexe 2, sous réserve d'assurer un niveau équivalent de protection des pollinisateurs et de la biodiversité.* », précise le texte du gouvernement. À partir de cet arrêté, les betteraviers ont cent-vingt jours pour agir. Ensuite, la fenêtre se refermera.

Août 2020, chronique d'un drame annoncé, les betteraviers comprennent, sans surprise, que leur pire ennemi, le puceron vert – en avance cette année-là, pour cause de réchauffement climatique – va détruire la récolte de la *Beta vulgaris* ou, plus simplement, la modeste betterave. Modeste mais nécessaire, servant à fabriquer le sucre, à fournir du fourrage aux animaux, à préparer des salades une fois cuite, et aussi à créer un carburant bio, l'éthanol. La récolte de cette année-là sauvera peut-être les meubles.

Dans cette affaire, la nature a été plus rapide que la science, sans surprise. Avec la Loi sur la reconquête de la biodiversité de 2016, le gouvernement de François Hollande annonçait l'interdiction « *sous toutes ses formes* » des néonicotinoïdes qualifiés de « tueurs d'abeilles » par la plupart des scientifiques. La pression de ses alliés écologistes avait payé. Une loi d'ailleurs portée, à l'époque, par Barbara Pompili. Députée Europe Écologie Les Verts, devenue alors Secrétaire d'État chargée de la Biodiversité. Une loi devenue effective le premier septembre 2018, alors que la Cinquième République avait accueilli son plus jeune président en 2017. Ironie des circonstances, c'est la même Barbara Pompili, devenue depuis ministre de la Transition écologique du gouvernement d'Emmanuel Macron, qui a justifié, avec son collègue Julien Denormandie, ministre de l'Agriculture, cet arrêté de réintroduction. On n'échappe jamais à la réalité des circonstances. Il faut dire que s'entêter dans une voie qui n'a pas d'alternative pour l'heure, c'est condamner la filière à court ou moyen terme. Un prix qu'Emmanuel Macron n'a pas voulu payer, et pour cause. Deuxième productrice mondiale et européenne de sucre de betterave et de bioéthanol, la filière génère quarante-cinq mille emplois en France et vingt-sept millions de tonnes de betterave sucrière sur plus de quatre-cent mille hectares[5]. Jusqu'à cette année 2020 qui « aura été la pire de ces trente dernières années » comme le souligne Franck Sander, le président de la Confédération Générale des planteurs de Betteraves, précisant que la France n'avait pas connu une telle contre-performance – en dessous des trente millions de tonnes produites – depuis les années quatre-vingts.

Sans vouloir assommer le lecteur de chiffres, on constate la similitude des dilemmes avec les choix politiques que nous avons connus à propos de la Covid 19 : pour cette dernière, la ligne de

5. Chiffres transmis par la CGB, le syndicat professionnel des betteraviers français.

crête se situait entre la vie et le moral des Français et maintenir à flot leurs emplois et leur économie. Pour les betteraviers, il y a cette même exigence à naviguer étroitement entre une filière française performante d'une part, et le bien-être sanitaire et environnemental d'autre part. Des choix d'autant plus cruciaux qu'il ne s'agit pas de capituler en rase campagne mais de parvenir au bon équilibre entre deux attentes. Vaut-il mieux un peu de produits phytosanitaires en prenant toutes les précautions possibles – vis-à-vis notamment des abeilles et autres insectes eux aussi affectés par les intrants – et, là encore, tenir jusqu'à ce que des solutions réellement alternatives soient trouvées[6], ou est-il préférable de laisser peu à peu la place à des importations dont la qualité risque d'être très aléatoire ? C'est le moins que l'on puisse dire dans un monde devenu multipolaire et pas toujours très respectueux de la planète, loin s'en faut.

De l'autre côté du spectre, c'est la mobilisation générale. Cent-cinquante personnalités venues de la gauche et des écologistes protestent contre ce qu'ils appellent « un recul démocratique majeur ». Dix-huit ONG environnementales ne décolèrent pas. Elles envoient un courrier à Julien Denormandie et lancent une pétition sur Internet : « Nos organisations sont scandalisées par cette décision ministérielle qui constitue un recul important du gouvernement sur la question de ces insecticides. Cette décision est d'autant plus inacceptable que l'ANSES admettait dans un avis sur les néonicotinoïdes de 2018 qu'il n'y avait pas d'impasse technique pour cette culture[7]. » Citant, pour faire bon poids, les travaux de trois chercheurs, J.-M. Bonmatin, C. Giorio et V. Girolami, du Centre de Biophysique Moléculaire, publiés en 2015[8] : « Les néonicotinoïdes sont persistants : ils sont transportés par la sève dans toute la plante au fur et à mesure de sa croissance, mais seuls 1,6 % à 2 % de la matière active est réellement absorbée par la plante, et plus de 80 contaminent les sols, les cours d'eau

6. La même Barbara Pompili a d'ailleurs taclé ses anciens camarades du gouvernement Hollande à ce sujet.

7. Courrier adressé à Julien Denormandie, ministre de l'Agriculture, le 17 août 2020

8. « Environmental fate and exposure; neonicotinoids and fipronil. Environ Sci Pollut Res 22: 35–67 »

et les nappes phréatiques... Dans les sols, ces matières actives toxiques peuvent mettre plusieurs années à se dégrader, et les résidus obtenus après leur dégradation sont parfois plus toxiques que les matières actives elles-mêmes. » Dans le même esprit, une manifestation est organisée le 29 septembre 2020. Même si elle est farouchement contre, Delphine Batho, l'ancienne ministre socialiste de l'Environnement du temps de Hollande, se défend de vouloir pénaliser les agriculteurs : « Notre combat, ce n'est pas de laisser tomber les agriculteurs. » Ajoutant, plus loin : « On subit le changement climatique, et la réponse c'est de mettre plus de produits chimiques. Sans pollinisation, sans insectes[9]. » Dans le même temps, l'association Agir pour l'Environnement organisait un *happening* sur l'esplanade des Invalides, au moment où cette autorisation était débattue non loin de là, à l'Assemblée nationale. Installant, face aux Invalides, 577 dessins (comme le nombre de député(e)s) d'une abeille mécontente, le poing levé.

Une réaction à laquelle il fallait s'attendre. Déjà, en août 2018, en amont de l'interdiction d'utiliser des néonicotinoïdes dont l'arrêté sera publié le premier septembre de cette même année, les débats se multipliaient. Comme si les détracteurs voulaient rester sur leurs gardes. Comme s'ils pensaient ce combat jamais gagné. Bien sûr, la récente autorisation de reprendre l'épandage avec des produits interdits depuis deux ans est venue confirmer leurs craintes mais, de leur côté, les betteraviers et leur syndicat professionnel avaient averti qu'il n'existait pas d'alternative pour l'instant. Dès l'annonce de l'interdiction il y a deux ans et demi, la Fédération nationale des syndicats d'exploitants agricoles (FNSEA) était également montée au créneau, estimant que les betteraviers, notamment, allaient se trouver dans une impasse dramatique sans solution alternative : « Ces décisions, non assorties de propositions de substitution, vont accentuer les distorsions de concurrence avec les producteurs européens et non européens ».

Une inquiétude renforcée par la position de nombreux scienti-

9. Propos rapportés par Novethic le 4 septembre 2020.

fiques. Un peu plus de deux-cents d'entre eux signaient à l'époque une tribune dans la très importante revue Science pour alerter sur les problèmes posés par les néonicotinoïdes et dans laquelle ils affirmaient que ces produits : « Sont hautement persistants dans l'environnement, si bien que des résidus significatifs [étaient] communément retrouvés dans les sols, les fleurs sauvages, les cours d'eau et les lacs ».

Une inquiétude voire un désaccord clairement affiché vient également de certains agriculteurs eux-mêmes, la Confédération paysanne en tête – adversaire traditionnelle de la FNSEA. Au sein de cette puissante fédération, des voix dissidentes se font également entendre. Notamment, et sans surprise, celles des agriculteurs qui ont basculé dans le bio.

Aujourd'hui, pour justifier cette décision, le député LREM de l'Aube, Grégory Besson-Moreau, par ailleurs membre de la Commission économique et rapporteur de la Commission mixte paritaire, déclarait lors de l'examen de ce projet de loi : « L'impasse dans laquelle se trouve la filière de la betterave sucrière, du fait des ravages de la jaunisse et d'un manque passé de logique législative, exige une action forte et courageuse », ajoutant un peu plus loin qu'il existera néanmoins des conditions : « strictement encadrées aux niveaux français et européen. Cette possibilité est également limitée dans le temps jusqu'au 1er juillet 2023, durée nécessaire pour qu'aboutissent des travaux scientifiques entamés de longue date. L'Assemblée nationale et le Sénat ont renforcé ces garanties[10]. » Est-ce un vœu pieux ? Seul l'avenir le dira.

En attendant, les citoyens restent perplexes devant cette bataille de chiffres et d'affirmations péremptoires dont ils n'ont aucun moyen de vérifier la véracité afin d'avoir une vision réaliste de ce qui les attend. Une chose est sûre, pour l'heure : la filière du sucre a reçu de plein fouet l'inévitable et prévisible tsunami économique lié à cette interdiction. Reste à savoir combien seront réellement sur le carreau dans quelques temps. À l'heure où nous

10. La Commission mixte paritaire rassemble à égalité des députés et des sénateurs afin de rapprocher les points de vue et gagner du temps sans passer par des navettes chronophages.

mettons sous presse, le gouvernement réfléchit à un « filet de sécurité » afin de prévenir la fermeture d'usines, la perte d'emplois dans la filière et d'environ un quart des surfaces cultivables de betteraves…

DERNIÈRE MINUTE !

Lundi 23 Janvier 2023

Avec six mois d'avance sur la promesse du gouvernement – et la parole donnée par Marc Fesneau, le ministre de l'Agriculture, en décembre 2022, de « prolonger la dérogation » pour une ultime récolte betteravière avec intrants – le gouvernement revient sur sa décision : plus de néonicotinoïdes dans les champs des betteraviers ! Se conformant ainsi, dès le début de l'année 2023, aux exigences de la Cour de justice de l'Union européenne.

Les agriculteurs encaissent la nouvelle tandis que leurs adversaires expriment joyeusement (et sans nuance) leur victoire.

Certes, concomitamment à cette décision, Marc Fesneau a immédiatement évoqué des aides compensatoires car l'urgence est à éteindre un possible incendie. Il est vrai que le timing n'est pas franchement heureux, en pleine polémique sur la réforme des systèmes de retraite. Alors qu'une partie non négligeable de la population gronde, on se doute que les agriculteurs, qui ont une longue habitude des révoltes, ne vont pas se contenter de Twitter ou Instagram pour exprimer leur colère. Emmanuel Macron et son gouvernement ne peuvent pas se permettre de gérer dans le même temps deux frondes de grande ampleur. Une ligne de crête bien difficile à tenir au moment où le bal des exigences et des menaces en tous genres bat son plein.

3.
État des lieux aujourd'hui : une agriculture protéiforme

Les impérities et la vacuité politique de ces trente dernières années, où l'on a fait comme si tout allait bien, ont laissé flotter les rubans sans rien anticiper. Biberonnés à la Politique agricole commune pendant longtemps, les pouvoirs publics français n'ont visiblement pas, ou peu, devancé les défis qui attendaient le pays. À commencer par la mondialisation qui a imposé une longue – et parfois douloureuse – période de transition, qui n'est pas totalement terminée, donc d'adaptation, au moment où il était encore possible de redresser la barre, avec son lot d'incertitudes et autant de sentiments anxiogènes. Ce qui a ainsi mis au jour les lignes de fractures de plus en plus visibles entre plusieurs agricultures qui n'ont pour point commun que les difficultés économiques et normatives contre lesquelles les paysans se battent. Auparavant, les choses étaient simples car plus homogènes. L'agriculture était un univers dont tous partageaient les valeurs, les souffrances et la façon de travailler, quelle que soit la nature des produits ou des élevages.

Malgré son recul à l'international, la France reste la première puissance agricole européenne et la huitième mondiale. Cependant aujourd'hui, il semble plus approprié de parler « des agricultures », tant les désirs, les ambitions et les stratégies des agriculteurs sont devenus hétérogènes, générant autant de politiques agroalimentaires possibles. Comme le soulignait Christiane Lambert, la présidente de la FNSEA, dans le débat qui a suivi la diffusion du documentaire *Nous Paysans* en février 2021 : « Au pays des mille fromages, il y a mille modèles[11]. » Quoi de commun, en effet, entre un éleveur de montagne avec soixante ou quatre-vingts vaches et la quinzaine de fermes-usines qui ont vu le jour en France dans les années 2000 ? Entre le fermier bio et les grandes plaines céréalières ? Une gradation qui renferme à chaque fois une façon différente, voire à l'opposé, de concevoir son métier. Avant d'entrer dans une focale plus précise au fil des chapitres, on peut distinguer trois façons de voir l'agriculture moderne : l'industrielle, la naturelle et la traditionnelle.

Concernant l'agriculture industrielle, source de tous les anathèmes, la France se met à son tour aux fermes-usines, après l'Allemagne, la Suède et les Pays-Bas, précurseurs en ce domaine (à noter toutefois que ce dernier pays semble vouloir revenir à de meilleures intentions, plus *soutenables*, en freinant le développement de ce modèle intensif). Ces investisseurs font le choix d'une production à outrance dans d'immenses hangars (il serait indécent de parler d'étables ou de poulaillers), dans lesquels le destin de ces animaux est de passer leur courte vie, immobiles, dans des boxes ou des cages surpeuplés et sales. Ils ne verront qu'un court instant la lumière du jour et le bleu du ciel : le jour où ils partiront à l'abattoir pour y mourir. Comme le souligne la journaliste Rebecca Avril[12] dans un article publié sur le site Notre-planète.info le 20 mars 2019 : « En France, 83 % des 800 millions de poulets de chair sont élevés sans accès à l'extérieur (ITAVI, 2016). 69 % des 48 millions de poules pondeuses sont élevées en batterie de cages (CNPO, 2016). 99 % des 36 millions de lapins sont élevés en batterie de cages (ITAVI, 2006). 95 % des 25 millions de cochons sont élevés sur caillebotis en bâtiments (CNPO, 2016) ». Et l'autrice de cet article de nous signaler le cauchemar absolu dans des pays que les scrupules n'étouffent pas : « Avec l'Arabie saoudite, on passe à un niveau nettement supérieur. Le pays s'est doté d'une des plus grandes fermes laitières du monde, un for-

11. *Nous Paysans* est un documentaire réalisé par Agnès Poirier et Fabien Béziat, qui retrace un siècle de paysannerie française. Diffusé pour la première fois sur France 2 le mardi 23 février 2021 et suivi d'un débat, il a été regardé et écouté par plus de cinq millions de personnes ce soir-là.

12. Rebecca Avril est Chargée de mission Santé Publique à l'ARS Île-de-France.

mat XXL, dans laquelle on dénombre près de 94 000 vaches ! Un nombre qui donne le vertige, tout comme celui de la production, soit plus d'un milliard de litres de lait par an. Plus de 2 800 personnes travaillent sur cette exploitation jour et nuit. » Les autres « bons élèves » de ce système délétère, à savoir les États-Unis, la Chine et le Brésil, se réfugient derrière l'argument d'une population mondiale grandissante et à nourrir d'urgence. Entre ceux qui veulent supprimer totalement la viande des cantines scolaires et ceux qui ont hystérisé la productivité animale pour des raisons purement économiques, on se demande qui est le plus dangereux. Sans doute les deux.

À l'opposé, mais privilège des pays riches il est vrai, existent les alternatives d'agricultures biologiques et raisonnées. Même si elle reste minoritaire, aux alentours de dix pour cent des surfaces agricoles utiles en France, dans le meilleur des cas, l'agriculture biologique progresse de manière significative. La surface de production a doublé en à peine cinq ans, passant de 1,1 million d'hectares en 2014 à 2,3 millions en 2019. Permettant un chiffre d'affaires en augmentation de 1,3 milliard d'euros en un an, soit près de 12 milliards d'euros en 2019, elle génère pratiquement 180 000 emplois directs selon Agence Bio[13]. Si ces chiffres montrent une progression impressionnante et qui semble vouloir continuer sur un rythme identique, ils ne doivent pas pour autant masquer le fait que cette tendance reste extrêmement minoritaire dans l'approvisionnement des Français. Elle concerne essentiellement les centres-villes des grandes métropoles. Là où le consommateur peut payer quelques centimes de plus pour un produit. À condition que l'obsession des grandes centrales, au nom du pouvoir d'achat, arrête de tordre le bras aux agriculteurs pour ces quelques centimes. Il est sûr que le consommateur serait prêt à payer, mais on y reviendra plus loin car le bio cache, de plus, plusieurs réalités, et l'absence de pesticides n'est pas

13. Agence Bio est la plateforme Internet de l'Agence française pour le développement et la promotion de l'agriculture biologique. Créée en novembre 2001, cette plateforme nationale d'information et d'action s'inscrit dans une dynamique de développement, de promotion et de structuration de l'agriculture biologique française. Elle travaille en coopération avec les ministères de l'Agriculture, de l'Écologie, les Chambres d'agriculture, ainsi que plusieurs associations.

l'absolue garantie d'une nourriture plus saine, tant d'autres critères entrent en ligne de compte.

Quant à l'agriculture dite raisonnée, si elle est réelle, elle est aussi la source de toutes les ambiguïtés. Les règles sont pour le moins fluctuantes et réclament qu'on aborde le sujet en l'approfondissant un peu plus. Ce que nous ferons plus loin pour ces deux sujets.

Et puis il y a l'agriculture traditionnelle. Celle que nous voyons dans nos campagnes depuis des décennies. Celle des vaches dans les champs ou dans les estives l'été, côtoyant chèvres et moutons en attendant l'automne pour redescendre parmi les hommes. Celle des blés courbés par le vent, dans les grandes plaines des régions au nord de la Loire. Celle des machines qui bénéficient maintenant des dernières technologies. Machines imposantes, véritables « vaisseaux spatiaux » qui soulagent toujours un peu plus celles et ceux qui travaillent la terre et qui émerveillent ou impressionnent toujours autant les enfants par leur taille et la fantasmagorie qu'elles véhiculent. Celle qui a permis de nourrir et rendre indépendante la France à travers quatre générations. Celle qui a fourni aux autres nations de quoi vivre, ne serait-ce qu'à travers les céréales nourricières de la Beauce, de la Brie ou de la Champagne Sud. Celle qui n'avait d'autre choix que de s'appuyer sur la science chimique que proposaient les grands groupes industriels pour améliorer ses rendements et être au rendez-vous de ce que les paysans considéraient comme leur responsabilité première : permettre aux Français d'accéder à une alimentation à la hauteur de leurs attentes. Les mêmes qui sont parfois jugés, entre suspicion et arrogance, par les « gens des villes » et la bien-pensance générale : « Cachez cet insecticide que je ne saurais voir ! » C'est cette agriculture qui a fait pousser des cris d'orfraie aux tenants d'une terre et d'une vie telle qu'elles étaient il y a quelques siècles, lorsque les betteraviers suppliaient les pouvoirs publics qu'on ne les laisse pas crever. J'y reviens dans le prochain chapitre. Non point pour alimenter une polémique stérile mais pour tenter de comprendre où se trouve la ligne de crête entre plusieurs exigences. C'est enfin cette agriculture qui a permis (et qui permet encore) à la France d'enregistrer l'un de ses excédents commerciaux les plus performants. Paradoxe, on s'y est tellement habitué depuis des décennies qu'on a fini par oublier cette exceptionnelle longévité financière apportée chaque année au pays ; les autres champions étant arrivés bien plus tard.

« – Le prix d'un veau quand tu as commencé, c'était combien à peu près ?

– Environ 6 000 / 6 500 francs.

– Donc environ six fois le SMIC de l'époque. Aujourd'hui, le prix d'un veau, c'est une seule fois le SMIC. »

Ce dialogue entre un jeune éleveur et son aîné, maintenant à la retraite, extrait de ce même documentaire Nous Paysans, suffit à comprendre le long et inexorable déclassement que la profession a subi. Selon l'INSEE, le salaire moyen des agriculteurs est d'environ 1 390 euros par mois. Il s'agit cependant d'un médian en trompe-l'œil car, pour une part, ces revenus ne proviennent pas directement de la terre cultivée. Fermes-auberges, ventes à la propriété ou directement sur les marchés, restauration, ... Les paysans ont dû s'adapter et se résigner à ne plus vivre que partiellement de leur activité d'origine. En réalité, ils sont nombreux, selon la patronne de la FNSEA, à se trouver en dessous du seuil de pauvreté, estimé à 1 076 euros mensuels.

En fait, tous les chiffres demandent à être nuancés. D'abord parce qu'il faut distinguer ceux qui reprennent la ferme familiale, disposant d'un patrimoine de départ et de la solidarité familiale ; même s'ils doivent faire l'effort nécessaire pour dédommager les parents et ne pas léser les éventuels frères et sœurs. Ensuite cela dépend de la nature de l'exploitation. Les éleveurs ont des revenus plus faibles que les viticulteurs, par exemple. Les grandes exploitations agricoles céréalières permettent, par leur taille, une plus grande efficacité économique, mais pâtissent de plein fouet de la concurrence mondiale pas toujours très fair-play. L'agriculture biologique, quant à elle, peut faire accepter des prix plus élevés. Mille fromages, mille modèles, mais aussi mille revenus différents !

Dans ce contexte, la fiscalité agricole reste pour l'instant relativement indifférente à toutes ces nuances et, comme toujours dans l'administration française, tout est passé sous la même toise sans jamais tenir compte des spécificités de chaque profession. Sans vouloir militer pour faire du sur-mesure, le temps est peut-être venu d'une réforme fiscale plus consciente des réalités du moment.

Là où les paysans sont tous égaux en revanche, comme leurs ancêtres l'ont vécu depuis la nuit des temps, c'est vis-à-vis des éléments exogènes à leurs cultures. L'Histoire de France a été émaillée de nombreux fléaux. Ceux dus à de redoutables disettes, ceux dus à la sécheresse ou à des périodes de grand froid qui empêchaient les récoltes de pousser, aux guerres qui ravageaient tout sur leur passage et prenaient aux paysans le peu qu'ils avaient pour nourrir leurs soudards. Des catastrophes qui ont généré de nombreuses révoltes, de la Grande Jacquerie de 1358 dans les plaines d'Île-de-France à la révolte des viticulteurs du Languedoc qui fit de nombreux morts au début du vingtième siècle. Sans compter ce qui est rapporté par la littérature sociale, comme le célèbre roman d'Eugène Le Roy, *Jacquou le Croquant*, une chronique qui se déroule au début du dix-neuvième siècle, lorsque le peuple des campagnes du Périgord se soulève contre l'iniquité et le mépris arrogant du seigneur propriétaire des terres, qui laissait à peine de quoi vivre à ses métayers. Si le temps de ce type d'attitude est révolu, les souvenirs restent vivaces. Comme une cicatrice tout juste refermée mais qui se rappelle à vous à la moindre injustice.

A fortiori depuis que la Terre se révolte à son tour. Comment refuser de voir la façon dont l'être humain a abîmé l'équilibre de la planète qui nous a été offerte quand les catastrophes « naturelles » se multiplient. Des cours d'eau qui sortent presque chaque année de leur lit et inondent les plaines alentour, réduisant à néant une année de récolte, des sécheresses qui forcent à acheter (souvent à l'étranger) du fourrage pour les bêtes, de brutales précipitations en intersaison, images de fin du monde que nous montrent régulièrement les journaux télévisés, avec des habitants désemparés, voire ruinés, après de violents glissements de terrain. Il n'était pas prévu que cela se passe ainsi. Et, au bout de la chaîne, c'est un agriculteur qui se décourage. Notamment face à la lourdeur administrative pour faire reconnaître ses pertes, mais aussi face à des assureurs encore trop souvent sur le recul quand il s'agit d'indemniser correctement et surtout rapidement.

Enfin, deux autres facteurs sont à prendre en ligne de compte. En premier lieu, la difficulté grandissante à recruter du personnel au moment des récoltes. Un État-providence comme le nôtre a deux effets pervers. Le premier, bien connu de tous, est qu'il rafle, chaque année, 57 % de la richesse produite par le pays, affaiblissant d'autant les capacités d'autofinancement de l'exploitation. Par sa générosité, il n'incite pas non plus ceux qui sont aidés – même relativement peu – à faire l'effort que réclame le travail des champs. Et pourtant, ce ne sont pas les propositions qui manquent. Lors de l'édition 2020 du Salon de l'agriculture, la même Christiane Lambert, patronne de la FNSEA, relayée par l'agence Pôle Emploi, déclarait lors de sa conférence de presse : « Notre secteur recrute, nous proposons chaque année un million de contrats à durée déterminée, 32 000 contrats à durée indéterminée, et nous formons 80 000 apprentis, mais nous avons toujours 70 000 postes non pourvus. » On ne peut pas être plus clair[14].

En second lieu, le fait que ce métier réclame, maintenant et avant tout, de la passion. Il est fini le temps où, de génération en génération, on ne se posait pas la question de savoir ce que les enfants allaient faire une fois grands. Ils reprendraient la ferme. Une époque révolue si on n'a pas le goût de la terre, si on pré-

14. Extrait repris par le site PôleEmpoi.org de la conférence de presse de Mme Christiane Lambert lors de l'édition 2020 du Salon de l'agriculture.

fère les salles de marchés ou les start-up à l'ambiance cool et dynamique. Dès lors, comme le souligne l'INSEE[15] : « En 2016, on compte un peu moins de 440 000 exploitations agricoles en France. Soit 11 % de moins qu'en 2010. » Quant à l'association « Terre de liens », (soutenue par le comédien Guillaume Cannet (lui-même fils d'éleveurs de chevaux), elle souligne que, chaque semaine, une centaine d'exploitations disparaissent. À ce rythme, dans quelques décennies, de géants, nous serons devenus des nains dans un monde sans âme.

Toutefois, rien n'est désespérant car, même si elle a connu une certaine érosion, globalisation de l'économie oblige, l'agriculture française conserve une bonne image à l'international.

En 2012, le fameux rapport de Louis Gallois, Pacte pour la compétitivité de l'industrie française, rangeait l'agriculture parmi les secteurs résistants à la mondialisation, au même titre que l'aéronautique ou le luxe. Las ! L'un des fleurons français de nos exportations perd du terrain. Même si le taux de couverture – le ratio entre importations et exportations – reste largement positif en se maintenant au-dessus de 100 %, l'agriculture française a vu son importance s'affaiblir dans les exportations mondiales, alors que, dans le même temps, ses importations avaient doublé entre 2000 et 2018. Comme le souligne l'économiste Thierry Pouch des Chambres d'agriculture : « Une rupture s'est produite au détour de la décennie 2000. Le poids de la France dans les exportations mondiales de biens agricoles et alimentaires a en effet été divisé par deux entre 1997 et 2017. » Et, même si notre pays reste un acteur essentiel dans le leadership européen, puisque l'Union européenne est la première exportatrice mondiale de produits agricoles et alimentaires, Thierry Pouch ajoute : « La France a été successivement supplantée à l'international par les Pays-Bas, l'Allemagne, la Chine et le Brésil[16]. »

15. « Tableau de l'Économie française », INSEE, paru le 26/03/2019.

16. « L'érosion de la compétitivité de l'agriculture française : un constat à nuancer », Thierry Pouch, économiste, responsable du service études, références et prospectives aux Chambres d'agriculture françaises.

Parts de marché de chaque Etat membre dans le commerce intra-UE, tous produits confondus (en %)

Rang	Etat membre		2000	2018	Rang	Etat membre		2000	2018
1	Allemagne	↗	22,1 %	22,4 %	15	Danemark	↘	1,9 %	1,7 %
2	Pays-bas	↗	11,2 %	12,7 %	16	Roumanie	↗	0,5 %	1,5 %
3	France	↘	12,2 %	8,5 %	17	Portugal	↘	1,3 %	1,1 %
4	Belgique	↗	7,7 %	8,0 %	18	Finlande	↘	1,7 %	1,1 %
5	Italie	↘	8,6 %	7,3 %	19	Slovènie	↗	0,5 %	0,7 %
6	Royaume-uni	↘	10,2 %	5,7 %	20	Bulgarie	↗	0,2 %	0,5 %
7	Espagne	↗	5,1 %	5,3 %	21	Lituanie	↗	0,2 %	0,5 %
8	Pologne	↗	1,5 %	4,9 %	22	Grèce	=	0,4 %	0,4 %
9	Tchéquie	↗	1,6 %	3,9 %	23	Luxembourg	↘	0,5 %	0,4 %
10	Autriche	↗	2,7 %	3,3 %	24	Lettonie	↗	0,1 %	0,3 %
11	Suède	↘	3,3 %	2,6 %	25	Croatie	↗	0,2 %	0,3 %
12	Hongrie	↗	1,4 %	2,3 %	26	Estonie	↗	0,2 %	0,3 %
13	Irlande	↘	3,0 %	2,3 %	27	Malte	=	0,1 %	0,1 %
14	Slovaquie	↗	0,6 %	1,8 %	28	Chypre	=	0,1 %	0,1 %

Source : Eurostat, calculs DG Trésor

Il faut toutefois relativiser cette chronique d'un recul annoncé. En effet, depuis les années soixante-dix, entre contraintes réglementaires et pression du consommateur, une grande part des agriculteurs ont amorcé un virage qualitatif, réduisant significativement les intrants pour diminuer autant que possible l'utilisation de produits venus de la chimie.

À l'exemple du secteur viticole des années soixante-dix et du projet d'arrachage des vignes en Languedoc-Roussillon afin de sortir le pays de cette « culture de la piquette », comme le défendait Christian Bonnet, le ministre de l'Agriculture de l'époque. Ce qui a permis au secteur d'être opérationnel dès la décennie suivante quand, avec la mondialisation, les vins et spiritueux français ont été les champions incontestés, jusqu'à la fin du siècle dernier. C'est alors que d'autres pays ont pris conscience du potentiel de leurs propres terroirs, se déplaçant jusqu'en Europe pour apprendre techniques et savoir-faire, notamment au cœur de nos grands vignobles. À ce titre, l'exemple australien est parlant, et l'envie du vin pour les pays dont ce n'est pas la culture a priori, remonte à loin. En 1831, l'écossais James Busby, émigré en Australie, s'est rendu en Europe, principalement en France et en Espagne, pour rapporter 20 000 pieds de vigne de plus de 500 variétés différentes, qu'il a implanté en Australie méridionale, après avoir prélevé les boutures nécessaires qui ont été plantées dans les jardins botaniques royaux de Sydney. Un siècle et demi plus tard, le gouvernement australien, fort d'une production puissante et conquérante, a même instauré un Secrétariat à la viticulture, affichant ouvertement son intention de déposséder la France de son leadership. Si elle n'y est toujours pas parvenue, elle est toutefois entrée dans le top cinq des exportateurs derrière l'Italie, l'Espagne, la France et le Chili[17]. Et là, on évoque un terrain d'excellence historique. Dans la plupart des autres secteurs, les agriculteurs restent sous tension.

Malgré son recul à l'international, comme je l'écrivais plus haut, la France reste la première puissance agricole européenne et la huitième mondiale. Continuant de bénéficier d'une belle image, l'agriculture française conserve des atouts indéniables de qualité et de savoir-faire. Un constat qui se confirme avec l'engouement jamais démenti des nouvelles puissances économiques pour les produits du terroir français. Pour la plupart de ces pays, l'agriculture française est partie prenante de notre excellence sous toutes ses formes. De Singapour à Sao Paulo, en passant par Dubaï, à l'instar des grands crus classés du Médoc ou encore des grands vins de Bourgogne, de la maroquinerie Hermès et Vuitton, des tailleurs Chanel, sans oublier la joaillerie de la place Vendôme, l'éleveur de l'Aubrac ou du Limousin obtient une grande considération. Aidé, il est vrai, par des ambassadeurs efficaces, ces centaines de jeunes chefs français partis depuis trente ans conquérir la planète et récolter nombre d'étoiles au Michelin dans les restaurants qu'ils dirigent, mettant en avant avec la plus inspirante des passions les produits de leur pays. Ce n'est donc pas un hasard si le « meilleur restaurateur du monde 2021 » est Daniel Boulud, un Français installé depuis longtemps à New York, fondateur du restaurant « Le Daniel » et qui, depuis, a essaimé au Canada, à Londres, Dubaï ou Singapour. En tout, une vingtaine de « Daniel » ravissent les papilles sur toute la planète. Pouvez-vous un instant vous figurer la réaction, dans les années soixante, d'un Chinois, d'un Sud-Africain ou d'un Mexicain devant un camembert

17. « Note de conjoncture 2019 du secteur viticole mondial », OIV, GTA.

ou un ris de veau caramélisé ? Aujourd'hui, ces produits sont réputés et appréciés par les consommateurs dans le monde entier.

Il est toutefois permis de regretter que, parfois, les pires détracteurs de l'agriculture française se trouvent à l'intérieur, sans se rendre compte à quel point ils affaiblissent leur propre pays et principalement celles et ceux qui y travaillent, faisant ainsi le jeu des autres nations qui n'en demandaient pas tant.

Il y a un temps pour tout, y compris pour remettre certaines pendules à l'heure. C'est l'objet des chapitres suivants.

4.
Le pouvoir d'achat : un paradoxe français

Il y a deux sortes de poisons, si l'on schématise. Les violents qui tuent en quelques instants, et ceux qui s'instillent lentement dans votre corps et provoquent des dégâts au compte-gouttes, pouvant aller jusqu'à la paralysie puis la mort. Dans la vie des échanges économiques, et tant pis si je choque, l'un de ces poisons lents se nomme « le pouvoir d'achat ». Il est ainsi défini sur le site du gouvernement, economie.gouv.fr : « Le pouvoir d'achat correspond à la quantité de biens et de services qu'un revenu permet d'acheter. Le pouvoir d'achat dépend alors du niveau du revenu et du niveau des prix. L'évolution du pouvoir d'achat correspond donc à la différence entre l'évolution des revenus des ménages et l'évolution des prix. » On peut aussi penser qu'il correspond à une sorte de boîte de Pandore où, comme dans chaque système, il y a des gagnants et des perdants. Chacun voulant défendre des intérêts souvent opposés. Et, dans ce contexte, c'est le plus fragile qui perd.

Une crise financière d'envergure comme celle que nous avons connue en 2008, ou une inflation un peu trop forte sur quelques produits comme le pétrole (dont nous ne maîtrisons pas la fluctuation), ou le tabac (au nom de la santé des Français), et c'est tout un système qui se tend avec, d'un côté ou de l'autre de la chaîne, quelqu'un qui paiera les pots cassés. Il en va ainsi de l'agriculture où le prix d'un carburant, de la tonne de fourrage ou de soja, monte brutalement, sans compter le prix de l'eau qui dérape en cas de sécheresse, et

c'est toute une filière qui se fragilise dangereusement ; je reviendrai sur le thème de l'eau dans un prochain chapitre tant ce sujet est d'une importance cruciale, aussi bien dans le domaine stratégique que géopolitique. En attendant, l'agression russe sur l'Ukraine est venue rappeler la brutale réalité qui fragilise la plupart des citoyens, y compris dans des contrées aussi prospères que les nôtres. De manière encore plus intense qu'il y a quatorze ans avec un baril de pétrole qui va grimper à un plus haut historique encore jamais atteint. La réaction en cascade ne s'est pas fait attendre : le pétrole et le gaz, les céréales, les engrais... les furies « pandoriennes » ravagent tout sur leur passage.

Dès lors, on comprend pourquoi le pouvoir d'achat – avec le niveau de l'emploi – est l'autre cauchemar de tous les gouvernements. Ainsi que le soulignait le journaliste des Échos, Guillaume de Calignon, dès l'été 2018, après une série de mesures économiques prises par le gouvernement : « Comme la plupart des gouvernements en France depuis une bonne vingtaine d'années, voici l'équipe d'Édouard Philippe engluée dans la problématique du pouvoir d'achat. Une sorte de sparadrap dont les exécutifs qui se succèdent ont du mal à se défaire ». Parmi ces mesures, la hausse de la CSG, le gel des pensions pour les retraités, la hausse des taxes sur le tabac et les carburants, justement, ou encore la suppression d'une partie des APL... Autant de mesures qui allaient provoquer une baisse du pouvoir d'achat des Français d'environ 0,6 % cette année-là. Certes, précisait le journaliste, il devrait y avoir un rebond à la fin de cette même année 2018. Il n'empêche, entre-temps, la consommation fut en berne et le PIB ne fut que de 0,2 % au premier trimestre. Et le journaliste de conclure : « Le sparadrap pourrait bien coller encore quelques mois aux doigts du gouvernement d'Édouard Philippe. Le danger serait alors de freiner l'envie réformatrice de l'exécutif. C'est bien la dernière chose dont le pays a besoin[18] ».

18. « Le pouvoir d'achat, cauchemar de tous les gouvernements », Guillaume de Calignon, *Les Échos*, 4 juillet 2018

Avec un pouvoir d'achat moyen de 20 662 euros par an et par habitant en 2021, selon l'étude menée par le cabinet GfK, la France se place au milieu de la liste, en quinzième position européenne. Notamment parce qu'elle capte 57 % de la richesse produite chaque année, au nom de « l'État-providence et de la solidarité »[19]. Redistribution oblige. Si notre pays est encore la cinquième puissance mondiale, il n'en va pas de même pour le porte-monnaie de ses habitants. Notre pouvoir d'achat est, loin, bien loin du podium trusté par des « petits pays » mais où, visiblement, il doit faire bon vivre. Au Lichtenstein, par exemple, médaille d'or de la prospérité avec 64 240 euros par an et par habitant. Puis en Suisse, avec 41 998 euros, le Luxembourg complétant le podium avec 34 119 euros.

C'est dans ce contexte qu'il faut appréhender la forte mutation du consommateur quant à ses choix et à ses priorités, la pandémie Covid 19 étant passée par là. Un changement pas toujours au détriment de l'agriculteur, d'ailleurs. Dans une récente enquête menée par l'institut IPSOS, on se rend compte que les Français changent leurs habitudes alimentaires[20]. Comme le souligne Étienne Mercier, directeur Opinion et Santé - Public Affair d'IPSOS : « L'étude Ipsos souligne en premier lieu que les Français consomment tous les types d'aliments, et ce en quantités raisonnables, ce qui leur permet d'avoir un régime équilibré. », surévaluant du double, néanmoins, la consommation des Français en ce qui concerne la viande par exemple. Recherchant des produits de qualité, et surtout français, en priorité. Et Étienne Mercier d'ajouter : « Les résultats montrent également que le rapport des Français, entretenu avec leur alimentation, évolue depuis un certain nombre d'années. Ils s'intéressent beaucoup à ce sujet, s'inquiètent des conséquences de leurs comportements et modes de consommation, prennent conscience de l'impact de leur alimentation sur leur santé : en bref, ils se montrent plus responsables. »

19. GFK Purchasing Power Europe 2020.

20. Enquête IPSOS publiée le 13 février 2019 et réalisée à la demande d'INTERBEV, l'Interprofession Élevage et Viande.

Cette bonne nouvelle concernant la dimension « responsable » des habitudes alimentaires de nos concitoyens doit toutefois être nuancée, comme le souligne le site éducatif *La finance pour tous*. Les priorités ont profondément changé. L'alimentation, qui représentait presque 30 % du budget d'un ménage dans les années soixante, ne pèse plus que 17 % aujourd'hui. Ces chiffres cachent néanmoins une réelle fracture puisque les 10 % des ménages dont le niveau de vie est le plus faible consacrent environ 18 % de leur budget à l'alimentation à domicile, alors que pour les 10 % dont le niveau de vie est le plus élevé, cette part est d'environ 14 %. Même si l'écart n'est pas si important, on se doute que les 14 % de la classe supérieure ne sont pas achetés dans les mêmes boutiques que les 18 % et qu'à produits identiques, leurs qualités sont bien différentes. Dans le même temps, ce qu'on appelle les « dépenses pré-engagées », dépenses réalisées dans le cadre d'un contrat et difficilement négociables à court terme comme les loyers, les abonnements de toutes sortes, etc. Ces dépenses ont profondément changé de nature, et sont difficilement ajustables puisqu'elles dépendent de contrats signés à moyen terme – deux ou trois ans au minimum. Autant de contraintes et d'aléas exogènes qui grèvent en amont le budget du consommateur. En premier lieu, et sans surprise, le logement – avec les services associés tels que l'eau, le gaz ou l'électricité – passé de 24 % à 31 % en 2019. Plus parlant encore, tout ce qui concerne la communication (abonnement d'une ou plusieurs lignes à un opérateur téléphonique et Internet), les loisirs (voyages, sports, abonnement à un site de streaming comme Netflix) et la culture (cinéma, théâtre, musées, ...), postes qui ne représentaient que 3 % il y a 15 ans contre 10 % aujourd'hui ; signe des temps. Sans compter les passages obligés que sont les frais bancaires et les assurances obligatoires (complémentaire maladie, phénomènes climatiques, responsabilité civile et autres accidents de la vie, ...), postes marqués par une politique tarifaire particulière : ce n'est pas un secret de dire que les grandes compagnies et mutuelles font délibérément leur loi en matière de coûts, une loi rarement orientée dans le sens du consommateur.

Le même institut IPSOS, à la demande de l'agence in-Store Média, spécialisée dans la communication en point de vente, publie une autre enquête réalisée sur 2 000 personnes interrogées. Relayée par le site en ligne *Radins.com*[21], l'étude conclut que plus de huit Français sur dix (82 %) privilégient maintenant des produits sains, rognant sur les dépenses high-tech, l'habillement, le sport ou les sorties. Les mêmes personnes interrogées déclarent ne pas être à 10 euros près quand ils font leurs courses alimentaires. Voire des consommateurs souvent schizophrènes, n'ayons pas peur de le dire, dont la grande majorité se déclare soucieuse de la planète et du bien-être animal mais continue d'acheter, souvent pour une question de budget, des produits moins chers dont on se doute qu'ils ne viennent pas de l'usine d'à côté. Venus de loin, parfois de très loin.

La conséquence majeure des habitudes de consommation qui impacte fortement l'agriculture aujourd'hui est née de la rencontre de deux phénomènes : la mondialisation et Internet. Couple à la fois magique et infernal qui a rebattu les cartes du progrès et de la prospérité. Si le duo a permis des échanges plus rapides et en un clic, offrant une meilleure répartition du pouvoir d'achat (encore lui !) aussi bien dans les pays en développement qu'en Occident, il a aussi hystérisé les rapports entre les individus. La technologie a permis à beaucoup d'exploitants agricoles d'optimiser et d'alléger de nombreuses fonctions afin de rendre le travail de la terre moins pénible – et sans doute un peu moins coûteux –, mais elle met aussi l'exploitant français en concurrence frontale avec son homologue céréalier du Midwest américain, avec les grands élevages d'Argentine ou de Nouvelle-Zélande... Et que dire des fruits, dont la moitié a voyagé depuis l'autre bout du monde ? Sans compter nos « amis » européens qui, pour certains, et sans états d'âme, ont fait le choix d'une agriculture intensive, tant en ce qui concerne l'élevage, avec de monstrueuses fermes-usines, qu'en ce qui concerne les terres pour les céréales, avec des méga-exploitations dans les plaines du nord de l'Europe, utilisant des produits phytosanitaires interdits en France, mais pas encore

21. Article signé par Aurélie Giraud, publié le 12 août 2020 sur le site radins.com.

par l'Union européenne. Pas étonnant dès lors que deux lignes de force se dégagent dans ce contexte : l'agriculture productive et l'agriculture alternative.

La première, forte d'un savoir-faire encore inégalé, a su se regrouper pour tenir le choc. Malgré un environnement sociétal loin d'être toujours bienveillant, ses acteurs permettent à la France de rester néanmoins la première puissance agricole d'Europe. Mais à quel prix ! Les polémiques vont bon train entre ceux qui, comme les betteraviers, n'ont pas d'alternative pour l'heure et ceux qui tremblent pour la santé de leurs enfants. Dans une série de reportages diffusés en mars 2021 pour l'émission *La terre au carré*[22] sur France Inter, évoquant une application censée renouer les liens entre les vignerons et la population du village de Saint-Amour dans le Beaujolais, un vigneron se désolait de la suspicion permanente des riverains vis-à-vis de son vignoble : « Les riverains, quand ils voient un tracteur, ils prennent peur. Même en plein hiver alors que le tracteur ne représente dans l'année que quelques heures par an pour une parcelle à traiter. C'est 2 %, c'est que dalle ».

Tandis que son voisin, qui a monté un collectif contre les épandages, s'inquiétait auprès de la journaliste : « Ici on est au paradis, mais très proche de l'enfer. Les sulfates proches de nos maisons interviennent dans nos jardins. On a eu des animaux morts et des enfants ont eu des allergies. Nous, on serait partisans qu'autour des maisons, il y ait un affichage prévenant des moments de sulfatage pour informer la population. » Le chemin pour se retrouver sera encore long.

En ombre portée de l'agriculture traditionnelle – celle qui alimente les Français au quotidien – il y a les industriels et la grande distribution. Cette dernière, entre les nouvelles attentes.

22. Série de reportages réalisés par Julie Piétri pour l'émission de France Inter sur l'environnement *La terre au carré*, présentée par Mathieu Vidard, diffusés du 22 au 25 mars 2021.

du consommateur, les exigences de rentabilité des actionnaires et les nouvelles exigences qu'impose la Loi pour l'équilibre des relations commerciales dans le secteur agricole, ainsi qu'une alimentation saine, durable et accessible à tous – autant dire la quadrature du cercle –, essaie de garder un peu de son espace vital. C'est d'autant plus vrai en ce début d'année 2021 où le prix du blé a augmenté de 20 %, celui de l'huile de 27 % ou encore celui des fruits entre 10 et 20 %, alors que la loi oblige également à ce que, schématiquement parlant, on parte du coût et de la marge du producteur comme base de négociation. Dans une de ses chansons sirupeuses, un chanteur expliquait qu'en amour il faut toujours un perdant. Il en va de même pour la chaîne alimentaire. En réalité, satisfaire tout le monde n'est possible que dans le cadre d'une croissance significative. Ce qui est loin d'être le cas par les temps qui courent. Alors les distributeurs réclament une baisse de 4 % des prix aux industriels, pointant du doigt les grands groupes, au milieu de ce maelström, le secteur de la logistique qui, entre confinements et restrictions des déplacements, apporte à son tour sa pierre à ce mur d'exigences.

Comme le rapportent deux journalistes de l'AFP[23], Catherine Chapalain, directrice générale de l'Association nationale des industries alimentaires (ANIA), affirme que ces augmentations de matières premières en forte hausse imposent le fait que : « les industriels ont impérativement besoin de passer des hausses de tarifs ». Jacques Creyssel, le délégué général de la Fédération du commerce et de la distribution, répond, toujours à l'AFP : « On observe des demandes totalement injustifiées et déraisonnables de la part de certaines grandes entreprises, notamment celles qui utilisent très peu de matières premières agricoles. » En sous-jacent, on se doute que plane l'arme fatale de la grande distribution : le déréférencement. On ostracise une marque ou l'un de ses produits, faute de compromis. Ce qui provoque une réaction en chaîne avec, en bout de ligne, l'éleveur et l'agriculteur qui assistent, impuissants, à des annulations de commandes pour certains clients qui ne s'approvisionnent plus, faute de pouvoir

23. Dépêches AFP signées Nicolas Gubert et Corentin Dautreppe, le 29/01/2021.

vendre. Un système qui frappe surtout les PME et les TPE. Et au centre de ce débat (crucial pour les deux parties car il va déterminer une année entière de revenus pour tous), le consommateur, perdu dans les rayons à la recherche de son yaourt favori qu'il ne trouve plus, ou de ses citrons français et non de citrons venus d'ailleurs...

Curieuse inconscience. Alors que la guerre déclenchée par les Russes en Ukraine promettait des lendemains sauvages, les annuelles négociations entre producteurs, transformateurs et distributeurs débutaient, en marge du Salon de l'agriculture 2022. Comme d'habitude, chacun essayait de tirer la couverture à lui. Avec une *deadline* au 1er mars. Avec aussi, encore et toujours, les rapports de force comme principal argument. Une façon « testostéronée » de s'entendre, d'autant plus dommageable que, entre climat et folie des hommes, l'épée de Damoclès pèse indifféremment sur tous. Au-delà des démonstrations de force des uns et des autres – dont on peut reconnaître que chacun peut avancer des arguments valables –, deux remarques s'imposent.

La première est que les mécanismes qui procèdent à cette négociation ne fonctionnent peut-être plus aussi efficacement qu'auparavant ; parce qu'imaginés dans d'autres contextes économiques, sociaux, environnementaux et géopolitiques ; quand bien même ils auraient été adaptés au fur et à mesure des circonstances. Le moment de remettre à plat le logiciel est sans doute venu. À condition toutefois que puissent cesser les « chamailleries » entre concurrents pour proposer un ou deux centimes de moins par rapport au magasin d'en face.

La seconde, plus importante, est de considérer la durée comme un gage de stabilité et la transparence comme gage de confiance entre les parties. À ce titre, Julien Denormandie, le ministre de l'Agriculture, avait demandé à Serge Papin, ancien et très respecté président de « Système U », d'être le médiateur de ces négociations. Ce dernier a peut-être une issue intéressante quand il préconise, pour les prochaines

négociations, des accords pluriannuels et un « indicateur du coût de production de la matière première agricole qui serve comme référence ». Ce qui serait, selon lui, la forme d'un « aboutissement de la loi EGalim ». Cela vaut sans doute la peine d'essayer.

Mais relativisons. Si quelques-unes des grandes chaînes – plus rares qu'on ne le croit – se servent de cette menace pour tordre le bras à leurs fournisseurs, beaucoup se trouvent sur une ligne de crête afin de préserver leur compétitivité. Pour preuve avec les produits bio qui représentent désormais pour les grandes enseignes plus de la moitié de la consommation des Français. Bien sûr elles suivent la tendance, mais ne peut-on pas leur donner quitus de ce type d'effort ? Il y a une dizaine d'années, dans les petits supermarchés de centres-villes, le bio représentait au mieux une dizaine de mètres de linéaire, exclusivement des légumes. Aujourd'hui, c'est presque le tiers du magasin qui propose toutes les déclinaisons de produits. Sans compter les différents accords, plus locaux, pour promouvoir les paysans de proximité. Et les réponses protéiformes ne manquent pas. Exemple avec le groupe Flunch, première chaîne française de restauration en libre-service, qui voit passer cinquante-cinq millions de clients chaque année, du moins en temps normal. Au-delà des circonstances imposées par la Covid 19, le groupe a décidé de modifier en profondeur ses fondamentaux, avec un nouveau plan d'action plus soucieux des nouveaux modes de consommation et des attentes de ses clients. Un plan qui s'appuie sur six principes de base, comme le souligne le communiqué de presse de la chaîne publié en octobre 2020 : « Le plan «Cap à 5 ans» comporte 6 grands axes : une offre autour d'un ancrage régional et de filières courtes avec les producteurs ; un rapport qualité-prix parmi les plus accessibles ; un poids d'activité mieux équilibré entre l'activité dans les restaurants et en livraison (20 %) ; des expériences consommateurs (autour de kiosques à thèmes, d'animations produits, ou pédagogiques autour du culinaire et de la transition alimentaire) ; de nouveaux moyens d'achats et de commandes autour du digital ; et enfin des implantations nouvelles au plus près des flux de clientèles (centres-villes, autoroutes, livraisons). » Ajoutant dans ce même document : « Nous souhaitons faire la part belle aux produits régionaux en filière courte, donner plus de liberté aux clients pour choisir leur menu au gré de kiosques à thèmes, nous rapprocher de la clientèle en centre-ville, sur les autoroutes et par la livraison (+ 28 % par an), déployer des espaces de sociabilisation et de coworking, ainsi que bien d'autres nouveautés portées par les patrons de restaurants en local. » Le message est on ne peut plus clair pour les producteurs. À eux de jouer maintenant, notamment en produisant du bio afin de verrouiller leurs débouchés en France. Sauf que cette mutation ne s'opère pas d'un claquement de doigts. Il faut au moins quatre années pour valider complètement la transition entre les deux concepts. Certes, l'Europe, à travers la PAC, et la France, ont prévu des aides à la conversion. Pourtant, au-delà des sommes qui ne couvrent pas tout, les méandres des administrations restent toujours des dédales, dans lesquels même Thésée armé du fil qu'Ariane lui avait installé pour qu'il puisse sortir n'aurait su s'y retrouver. C'est donc un parcours loin d'être un chemin pavé de roses. Toutefois, depuis quelques années, le pays vibre d'un nombre incalculable de bonnes volontés.

Elle s'appelle Jeanne Combrez. Elle est agricultrice et élève aussi des moutons, des chèvres, quelques cochons et de la volaille. Et pour se rendre dans sa ferme, elle prend… le métro ! Elle sort à la station Saint-Denis-Université et, après quelques centaines de mètres, arrive sur son exploitation. Étrange spectacle que ces poireaux et ces salades bien alignés, ces poules qui picorent et ces chèvres qui arrachent goulûment l'herbe fraîche… tout cela au beau milieu des barres HLM dans des quartiers dits « sensibles ». La Ferme ouverte de Saint-Denis, solution fièrement alternative aux enjeux actuels, » peut paraître un OVNI au milieu du béton triomphant. Et si c'était l'un des premiers signes d'une prise de conscience grand public ? La ferme de Jeanne est l'une des dix-neuf autres fermes ouvertes, un peu partout en France, regroupées sous la marque « Les fermes de Gally ». La ferme d'origine, créée en 1746 sur des terres situées entre Saint-Cyr-l'École et la forêt de Marly dans les Yvelines, se situe à quelques encablures de Saint-Germain-en-Laye et du Vésinet. Depuis plusieurs générations, elle appartient à la même famille. Une famille qui a su parvenir à une subtile chimie entre tradition et innovation. Et faire des émules pour proposer des produits sains, qui respectent la nature et le bien-être animal. On y vient chercher soi-même ses salades, échalotes et autres potirons, entre autres. Cela permet à des familles, souvent modestes, d'acheter au meilleur prix et en bas de chez eux, des légumes et de la viande que l'on croit souvent réservés à ceux qui en ont les moyens.

Dans le même ordre d'idées, La Ruche qui dit Oui ! s'est imposée rapidement. Fondée en 2010 par trois amis, Guilhem Chéron, Marc-David Choukroun et Mounir Mahjoubi, l'ancien Secrétaire d'État au Numérique, la Ruche, comme l'appellent ses membres, est une plateforme de vente directe. Selon ses fondateurs, elle propose « une optimisation de la vente en circuit court en proposant aux producteurs et aux artisans une plateforme web interactive qui permet, chaque semaine, de proposer des produits et où les membres viennent récupérer leur commande en leur présence. » Et ça marche puisqu'il y a maintenant plus de 1 000 Ruches fièrement installées sur tout le territoire. Ce « mariage à trois », comme le définit Marc-David Choukroun (dans une tribune publiée sur le site Huffpost)[24], permet au consommateur de passer sa commande facilement. Plus qu'un concept, c'est une démarche militante qui a inspiré les trois fondateurs, comme le souligne Choukroun dans cette même tribune : « Tout le monde le sait : le producteur ne touche qu'une infime partie du prix de ce que paie le consommateur lors de son passage en caisse. Pour remettre les exploitants au centre de la chaîne de valeur, il existe une solution en apparence toute simple : les circuits courts. En apparence seulement, car il y a encore du travail pour véritablement faire de la vente directe du producteur au consommateur une alternative

---

24

viable au modèle agro-industriel. » Oui, mais l'important n'est-il pas d'avoir enclenché une dynamique qui inspire aussi d'autres initiatives ? Car le modèle plaît et s'exporte. Aujourd'hui, 1 500 Ruches sont ainsi implantées à travers toute l'Europe puisque ce concept a essaimé dans de nombreux pays voisins.

Et que dire de toutes ces entreprises de l'Économie Sociale et Solidaire (ESS), des centaines, voire des milliers, qui tentent de rendre le bio accessible aux plus précaires, et les initiatives humaines de celles et ceux qui œuvrent dans un périmètre dédié afin d'inciter les consommateurs à aller directement à la ferme ou encore, qui s'installent au bout d'un marché, avec une grande table vide où ils attendent les invendus des commerçants qui leur apportent des produits bientôt périmés ou pas très présentables dans les prochains jours. Viennent alors des personnes, souvent âgées, avec une petite retraite, qui peuvent se servir comme elles l'entendent.

Enfin, pour clore ce chapitre, il y a aussi cette jolie histoire relatée dans une édition du Journal de treize heures sur France 2 en mars 2021. Une jeune femme a eu l'idée d'aller voir le responsable d'un supermarché Auchan de sa région pour lui demander le don de tous les fruits qui ne sont plus présentables, ni pour le consommateur, ni pour les associations. Son idée ? En faire des confitures de qualité qu'elle remet en vente dans le même magasin mais à des prix très bas. Magnifique illustration du gagnant-gagnant !

Si notre époque est souvent source d'inquiétude, elle est aussi source d'espoir. À l'image de ces myriades d'initiatives qui se multiplient pour permettre cette transition qu'appellent de leurs vœux des centaines de millions de consommateurs de par le monde. Peut-on espérer qu'une prise de conscience collective et pérenne permette de changer cette course effrénée au pouvoir d'achat pour enfin commencer à payer le vrai prix des choses ? Contraindre les agriculteurs, ceux-là même qui doivent toujours faire le plus gros effort, n'est ni plus ni moins que suicidaire, car cela ouvrirait définitivement la porte à ces industriels qui n'ont aucun respect, ni pour la planète sur laquelle ils vivent, ni pour leurs clients. On ne peut pas demander des produits sains et bien cultivés, et, dans le même temps, se ruer sur le moins cher, venu d'on ne sait où. Il est urgent de regarder en face ce paradoxe si français.

5.
La mosaïque agricole française est une chance

« En 2019, le nombre de migrants internationaux – c'est-à-dire des personnes qui résident dans un pays dans lequel elles ne sont pas nées – a atteint 272 millions d'individus. Les femmes représentent 48 % du total des migrants. Selon les données, on estime à 38 millions le nombre d'enfants migrants. Trois migrants sur quatre sont en âge de travailler et ont entre 20 et 64 ans. Environ 31 % de l'ensemble des migrants internationaux résident en Asie, 30 % en Europe, 26 % sur les continents américains, 10 % en Afrique et 3 % en Océanie », affirme l'Agence des Nations Unies pour les réfugiés[25].

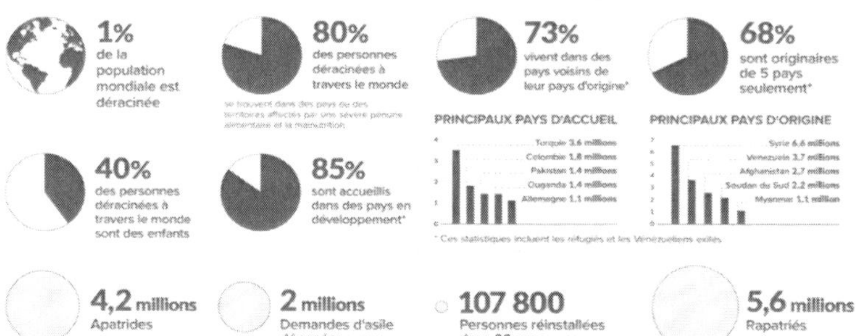

Et que dire des centaines de millions de personnes qui migrent à l'intérieur de leur propre pays pour fuir les deux fléaux du moment : les bandes armées qui pillent, détruisent et kidnappent

25. Portail des données migratoires mondiales (Agence des Nations Unies pour les réfugiés, 2020).

d'une part et, d'autre part, une planète Terre qui semble vouloir nous faire payer notre égoïsme et nos inconséquences passés et présents, en se réchauffant inexorablement ? Jusqu'à rendre arides et invivables des régions entières où plus rien ne pousse. Sans compter la pandémie qui frappe sans discrimination, comme un avertissement supplémentaire. J'y reviendrai plus en détail dans le chapitre suivant tant tout est implacablement lié.

Si j'évoque ce thème qui semble loin de l'objet de ce livre, c'est parce qu'il nous rattrape. Que nous le voulions ou non, nous serons encore plus impactés à terme que nous l'envisageons, c'est inévitable. Même si nous adorons tout critiquer et râler en permanence (sport national français s'il en est), dans le monde entier, l'Europe est considérée comme une contrée de Cocagne, et la France tout particulièrement, qui reste « l'endroit où Dieu est le plus heureux », selon le célèbre proverbe allemand. Cela n'a pas échappé à tous ces désespérés qui, dans quelques décennies au plus, n'auront plus rien à perdre. Même pas leur vie puisqu'ils seront condamnés à mourir de faim et de soif s'ils restent chez eux. Et revient en mémoire cette publicité, au début des années quatre-vingt-dix pour une marque de nourriture pour chien : un châtelain se trouve devant sa cheminée, son majordome servant la pâtée à son labrador sur un plateau d'argent. Un spot emblématique du fossé qui se creuse inlassablement. À la même époque, un bateau de fortune traversait le nord de l'Adriatique en direction de l'Italie, avec plusieurs milliers d'Albanais à son bord, fuyant la misère et la folle dictature maoïste de leur dirigeant. Une fois arrivés sur les plages glamour d'une Italie prospère, et pris en charge par les pouvoirs publics locaux, ils expliquèrent qu'ils pouvaient capter les chaînes de télévision italiennes depuis l'Albanie et regarder les publicités, notamment celle que j'évoquais. Ils pensaient naïvement que si l'on traitait les chiens comme cela, on devait s'occuper encore mieux des humains !

Quarante ans après, nous n'avons toujours pas retenu la leçon de ce déséquilibre.

L'Europe est la première puissance agricole mondiale[26] et la France reste leader en la matière. Mais une France plus complexe qu'il n'y paraît désormais.

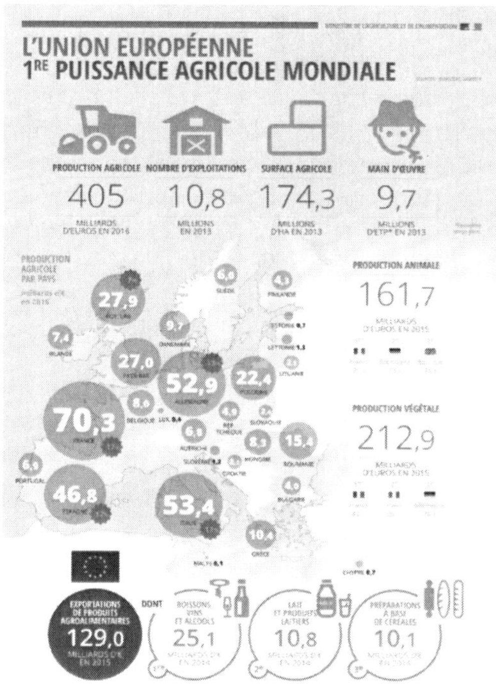

Une seule certitude : la « surface agricole utile » n'a cessé de reculer depuis des décennies, avec plus ou moins d'intensité, mais c'est toujours le signe « moins » qui s'affiche à l'issue de chaque année.

Entre exode rural d'après-guerre et flux migratoires, phénomène qui s'est accéléré depuis la mondialisation, la France des champs a définitivement cédé le pas à la France des villes. Mouvements de population naturels puisque c'est dans la partie urbanisée que se trouvent de quoi travailler et se loger.

26. Infographie publiée par le ministère de l'Agriculture et de l' Alimentation, 18/12/2017

Nous n'avons pas pris la mesure et sommes passés à côté du potentiel d'une France plus rurale, capable d'accueillir et nourrir plus de monde si le besoin se fait prégnant.

À condition qu'on y investisse plutôt que de regarder nos paysages comme un joli décor qui nous accompagne en vacances.

Difficile alors de penser que ces jolis paysages sont sous une menace permanente : la bétonisation, qui se fait à bas bruit, le plus souvent au détriment des surfaces agricoles. Comme le soulignait déjà en 2018 Mathilde Golla, journaliste au service économique du *Figaro* : « Entre 2006 et 2015, la France métropolitaine a perdu 590 000 hectares de terres agricoles et d'espaces naturels, indique l'Observatoire national de la biodiversité. Ainsi, l'équivalent d'un département comme la Seine-et-Marne a été perdu pour l'agriculture et les écosystèmes. De fait, alors qu'en 2006 la France métropolitaine comptait 4,6 millions d'hectares artificialisés, cette surface atteint, en 2015, 5,2 millions d'hectares. » Selon l'INSEE, en 2017 : « Les surfaces de planchers des bâtiments non résidentiels représentent 25,4 millions de mètres carrés. À l'exception des exploitants agricoles, tous les secteurs sont orientés à la hausse[27]. » Et, malgré tout, politiques, économistes, experts en statistiques, tous s'accordent à dire que le rythme pour loger les Français devrait être compris annuellement entre 400 000 et 450 000 logements.

Pourtant, moins de 400 000 logements ont été construits en 2018 par exemple. Voilà plusieurs décennies que nous courons après la pendule sans jamais rattraper le retard.

Pourtant, comme le signale le ministère de la Transition Écologique, l'ensemble des agents économiques français (ménages, personnes morales, entités territoriales et nationales...) ont consacré 522 milliards d'euros pour le logement. Soit 20 % de la richesse produite annuellement par le pays. Bref, un puits sans fond qui présage mal de l'avenir pour les agriculteurs qui, comme les armées sous la pression d'un adversaire plus nombreux et plus puissant, cèdent régulièrement du terrain.

27. *Tableaux de l'Économie française en* 2020, INSEE, 27/02/2020.

Aujourd'hui, la « surface agricole utile » française – toutes utilisations confondues – ne représente plus que 29 millions d'hectares, soit 54 % du territoire national. À la bétonisation que j'évoquais viennent s'ajouter les surfaces boisées, les terres au repos, les prairies permanentes et autres. Première victime : le littoral français, dont la régression a atteint environ 25 %, notamment, on s'en doute, sur la côte méditerranéenne. Mais, plus grave encore, si cette bétonisation a beaucoup ralenti, notamment grâce à la Loi littoral, elle tend à conquérir l'arrière-pays avec les mêmes conséquences dangereuses à terme. Les différentes catastrophes climatiques qui ont touché la Côte d'Azur, dont celle qui a frappé durement la vallée de la Roya, au-dessus de Nice, ou encore celle qui frappe régulièrement le Sud-Ouest, devraient nous inciter à plus de circonspection et, peut-être, à une législation plus exigeante en matière de construction et d'urbanisme. Mais, derrière ces chiffres sans âme, se cachent une multitude de réalités qui correspondent à des situations disparates.

D'abord, bien sûr, l'agriculture traditionnelle. Tant décriée parce qu'elle utilise encore des produits « phytosanitaires », terme chapeau, technique et pudique, utilisé pour parler de solutions chimiques destinées à protéger les cultures des grandes exploitations évoquées plus haut – je n'y reviens pas. Mais quid d'autres productions intensives, comme celles du maïs par exemple, qui réclament aussi de tordre le bras à son environnement pour permettre de nourrir un pays qui se veut en autosuffisance alimentaire et qui a aussi besoin de maintenir son leadership à l'exportation pour permettre à ces exploitations de vivre dignement ? Même si cela ne nous plaît pas, cette forme d'agriculture reste le navire amiral de la France. Dès lors, se montrer trop binaire et trop impatient vis-à-vis d'un changement de méthode radical correspondrait à une politique de Gribouille qui rendrait notre pays dépendant d'autres, beaucoup moins scrupuleux.

Toutefois, ce n'est pas une raison pour baisser les bras mais plutôt continuer de pousser les feux, en s'appuyant sur un de nos atouts majeurs : nos chercheurs. L'INRAE[28], issu de la fusion en 2019 de l'INRA et de l'IRSTEA, réunit des expert(e)s d'exception qui officient pour l'agriculture, l'alimentation et l'environnement sans relâche et avec des moyens significativement augmentés pour faire émerger des solutions alternatives, plus respectueuses de l'environnement. Alors un peu de patience nous évitera d'aller dans le mur et d'ouvrir la porte à des productions extérieures dont nous ne maîtriserons pas les réelles conditions d'exploitation. Nous devrions sous peu accéder à des issues qui allient production et protection pour le consommateur.

Il en va de même pour l'élevage traditionnel, notamment bovin, porcin et ovin, à peine compétitif dans les meilleurs des cas, mais avec des normes de qualité très exigeantes. Pourtant – et malgré les sinistres fermes-usines de nos voisins européens qui ont provoqué chez nous une levée de boucliers salvatrice –, la France possède, par exemple, le plus grand cheptel bovin d'Europe avec vingt millions de bêtes qui se nourrissent à 64 % d'herbe dans les treize à quinze millions d'hectares de prairies que compte notre pays. Le reste est souvent composé de céréales et de tourteau de soja dans une faible proportion, ainsi que 1 % de vitamines. Une alimentation produite à presque 90 % sur l'exploitation agricole pour des raisons économiques et de sécurité sanitaire. Idem pour les porcs dont l'alimentation est en quasi-totalité composée de céréales, d'oléo protéagineux et de minéraux pour 4 %. Quant à l'alimentation des ovins (principalement les moutons et leur progéniture), les prairies sont largement utilisées, le reste étant surtout le fourrage sec pendant l'hivernage. Là encore, la recherche ne reste pas inerte.

Cette France, largement ancrée dans notre Histoire et dans nos mémoires, n'est pourtant pas uniforme. Il y a une France plus petite et plus discrète qui, après des siècles de recul, semble vouloir répondre à une tendance qui se fait jour et risque fort heureusement, à terme, de devenir lourde et durable.

28

L'occasion de reconsidérer des agricultures « de niche » qui correspondent de plus en plus aux attentes d'une clientèle avec un bon pouvoir d'achat. La même qui a également des exigences en matière de développement durable. Au premier chef, l'agriculture de montagne. Devrais-je plutôt écrire les agricultures de montagne, tant la richesse de la France correspond aussi à cette diversité des paysages, entre Pyrénées, Vosges, Massif central, Alpes, Corse ou Jura, par exemple. Des régions catégorisées sous des acronymes barbares dont la haute fonction publique a le secret : ZM (pour zones de montagne), ZSCN (pour zones soumises à des contraintes naturelles importantes, en clair : sécheresses, excès d'humidité, fortes pentes ou températures basses) et ZSCS (zones soumises à des contraintes spécifiques, comprenant, selon le règlement européen, « les surfaces agricoles dans lesquelles les conditions naturelles de production sont similaires et dont la superficie totale ne dépasse pas 10 % du territoire de l'État membre concerné ») – comprenne qui pourra.

Aussi vaste que l'Irlande ou le Portugal avec une surface de 85 000 kilomètres carrés, notre Massif central est la plus vaste prairie d'Europe, avec 85 % de surface en herbe et 95 % des communes situées en zone de montagne. Pas étonnant, dès lors, que la très grande part soit dédiée à l'élevage, bovin en premier lieu dans les zones de moyenne montagne, et ovin et caprin dans les zones plus hautes. Cette France agricole en miniature abrite également des exploitations plus vastes dans les contreforts que sont le piémont et la plaine, même si elles restent peu nombreuses. Cette vaste région au cœur du pays est aussi appelée « le château d'eau de la France », comme le souligne la présentation qu'en font le SIDAM et le COPAMAC, organismes qui regroupent les acteurs de l'agriculture sur ce massif. La région compte en effet un tiers des sources françaises et produit, par exemple, la moitié des eaux minérales du pays. Une agriculture homogène et de qualité qui a permis de maintenir la régression à seulement 23 % en 10 ans, contre 26 % au niveau national. Bref, un véritable poumon pour toutes les filières agroalimentaires françaises.

De la viticulture au bord du littoral à l'élevage en haute montagne, de l'arboriculture à la production de fleurs et d'essences pour l'industrie cosmétique, la région Provence-Alpes-Côte-d'Azur, quant à elle, est plus éclatée et diversifiée, sorte d'agrégat de « micro-territoires » rarement liés les uns aux autres. Quoi de commun entre le fromage Abondance produit dans les hautes montagnes savoyardes et le vin de Bandol qui donne sur la Méditerranée, hormis qu'ils vont bien ensemble sur une table ? Et que dire d'une Riviera où l'on bronze sur la plage, alors qu'à une heure de route à peine, on peut skier dans les stations d'Oron ou d'Isola 2000 ? Une région qui s'étend des bords du lac Léman à la mer. Sa véritable richesse est là. Région où l'on peut choisir son style de vie et où de jeunes agriculteurs et éleveurs s'installent malgré... la présence de loups qui font des dégâts non négligeables, non seulement physiques mais qui jouent aussi sur le moral des éleveurs.

Dans les Pyrénées, c'est l'ours qui inquiète et met en colère les éleveurs d'ovins et de caprins lorsque les bêtes se trouvent dans les estives et que l'animal a besoin de se nourrir pour reprendre des forces après son hibernation. A fortiori quand il s'agit d'une femelle qui a besoin de lait pour nourrir ses petits. Devant la présence accrue des ours qui se reproduisent dans le secteur du massif du Couserans, la cohabitation devient difficile. On l'a encore constaté fin novembre 2021 en Ariège quand un chasseur qui traquait le sanglier s'est fait surprendre par une femelle qui voulait protéger ses deux petits. Elle n'a pas hésité à attaquer l'homme qui a juste eu le temps de la tuer avant de s'effondrer, la cuisse déchiquetée. C'est une agriculture et un élevage sans artifice, au plus près de la nature, presque immuable. Ici surplombent une agriculture et un élevage de plaine où les produits AOP[29] ne manquent pas. Même s'il s'agit aussi d'une terre de maïs si (trop !) gourmande en eau...

Les massifs jurassiens et vosgiens ont aussi leurs particularités.

29. Appellation d'origine protégée, label de qualité européen garantissant que le produit a été transformé et élaboré dans une zone géographique déterminée.

Le premier est un subtil mélange de plaine et de montagne, quand le second offre des forêts denses, comme sa sœur l'imposante-Forêt-Noire, outre-Rhin, et une moyenne montagne qui permet, comme le premier, élevage et viticulture de qualité. À commencer par les plus célèbres crus ? d'Alsace.

Enfin, le massif corse, à nul autre pareil de par sa position géographique et sa spécificité insulaire. Viticulture, châtaignes, clémentines, sangliers, ovins et caprins pour la fabrication de fromages... Pas étonnant que l'agriculture corse, avec son pendant agroalimentaire, ait une double fonction : être le premier pôle industriel de l'île mais offrir également une forte identité culturelle à ses habitants.

Voilà donc quelques-uns des exemples de la puissance d'une agriculture qui ne cesse de s'adapter aux exigences du moment, mais qui réclame que les pouvoirs publics en fassent autant, en évitant de passer tout le monde sous la même toise. Il est urgent de prendre en compte les variétés de productions, de sols, de paysages – de gens aussi. Leur offrir un cadre commun est certes nécessaire, mais le prévoir assez large pour que chacun puisse tirer le meilleur parti de son environnement dans une France mosaïque, riche de sa diversité, de sa culture et de son histoire.

La forêt, un autre atout sacré de notre cher pays. Elle recouvre actuellement presque un tiers du territoire de la métropole, et ne représentait que la moitié de cette surface au milieu des années quatre-vingts. Comme s'il s'agissait de vases communicants entre la « surface agricole utile » qui s'est rétractée et celle qui représente aujourd'hui une filière à part entière. Une forêt dont les trois quarts dépendent du domaine privé, le quart restant appartenant pour les deux tiers à des établissements publics ou à des collectivités locales, et les presque dix pour cent restants correspondant à des forêts domaniales sous tutelle de l'État.

Des éléments loin d'être anecdotiques car, si la forêt est un atout écologique, ne serait-ce que par sa capacité à absorber le dioxyde de carbone (CO2), elle constitue aussi un poids économique majeur. Selon le site France Bois Forêt, édité par l'Interprofession au niveau national, regroupant les propriétaires de forêts privées, tous usages confondus : « Globalement, la filière forêt-bois génère 60 milliards d'euros de chiffre d'affaires annuel et 26 milliards d'euros de valeur ajoutée, soit 1,1 % du PIB national. » Meubles, charpentes, tonnellerie, parquets, construction de logements, entre autres, sont tant réclamés que la seule production interne ne suffit pas, puisque la gestion raisonnable et raisonnée de nos forêts est la meilleure solution à leur préservation sur le long terme.

Dans le même esprit, deux autres types d'espaces se trouvent sous la bienveillance de l'État qui compte aussi pour beaucoup dans cette France terrienne.

Tout d'abord, la catégorie officielle des « aires protégées ». Comme le souligne le ministère de la Transition écologique : « Les aires protégées contribuent directement à l'atténuation du changement climatique et à la lutte contre l'érosion de la biodiversité. Leur développement est fondamental pour préserver la nature et inventer de nouvelles manières de vivre avec elle. En France métropolitaine et dans les territoires d'Outre-mer, la surface totale des aires protégées représente 23,5 % du territoire national et des eaux sous juridiction. » Intégrant enjeux terrestres et maritimes. Dans tout ce contexte, n'oublions pas les territoires ultramarins qui offrent à la France la deuxième place en tant que puissance maritime mondiale, avec la dimension géopolitique et les ressources halieutiques qui s'y rattachent.

Autre point de surveillance, les « zones humides ». Définition certes sujette à débat et interprétations, mais thème qui préoccupe les pouvoirs publics qui définissent les critères éligibles à sa protection ; au même titre que tous les espaces qui réclament une attention particulière et ainsi définis par le gouvernement : « Marais, tourbières, prairies humides, lagunes, mangroves...

entre terre et eau, les milieux humides présentent de multiples facettes et se caractérisent par une biodiversité exceptionnelle. Ils abritent en effet de nombreuses espèces végétales et animales. Par leurs différentes fonctions, ils jouent un rôle primordial dans la régulation de la ressource en eau, l'épuration et la prévention des crues. Menacé par les activités humaines et les changements globaux, ce patrimoine naturel fait l'objet d'une attention toute particulière. Sa préservation représente des enjeux environnementaux, économiques et sociaux importants. » Une préoccupation et des dispositions législatives qui ont amené, par exemple, le 17 juin 2020, le Conseil d'État à refuser une « question prioritaire de constitutionalité » à un promoteur qui souhaitait construire dans une zone considérée comme « humide », suite aux dispositions de certains articles de la Loi du 24 juillet 2019.

Enfin, pour boucler la boucle de cet équilibre entre naturel et artificiel, évoquons un potentiel qui, certes, réclame un gros effort de réhabilitation, et aussi beaucoup de dépollution, mais que l'Agence publique chargée de la transition écologique (Ademe) évaluait il y a trois ans à 150 000 hectares en France, soit un milliard et demi de mètres carrés qui croupissent et enlaidissent des environnements sur tous les territoires de France : les friches ! Dans de nombreux cas, ce pourrait être des logements ou bâtiments d'intérêt général à faire renaître. Comme le publie le journal *Le Parisien / Aujourd'hui* en France[30], relayant les propos de Laurent Château, chargé de mission Friches urbaines et sites pollués à l'Ademe : « La friche est souvent le premier symptôme de la dégradation d'un quartier. Elle génère un exode des habitants et dévalorise l'immobilier alentour, autant de facteurs qui créent un sentiment de mal-être. Or, si vous ramenez des services et de la qualité environnementale, vous recréez de l'attractivité. »

30. Article publié le 14 août 2020, avec la précision suivante : « Contenu proposé par ENEDIS. L'équipe éditoriale du Parisien / Aujourd'hui en France n'a pas participé à sa rédaction. »

Plutôt que de courir après une précieuse terre agricole qui risque de nous manquer cruellement dans les décennies à venir – et alors que nous avons le temps nécessaire devant nous pour nous organiser, dès lors que la prise de conscience et la volonté politique sont au rendez-vous –, un grand plan de réhabilitation, qui prévoirait des aides ou des exonérations fiscales pour les promoteurs immobiliers qui accepteraient ce challenge, serait sans nul doute une superbe piste à explorer.

6.
Le climat accélérateur des mutations et... des transhumances !

« Le flux de migrants climatiques pourrait atteindre un milliard de personnes d'ici à 2050 ! » C'est le nombre avancé dans le cadre des résultats d'une étude réalisée par l'IEP (Institute for Economics and Peace)[31]. Quant au GIEC, le Groupe d'experts intergouvernemental sur l'évolution du climat, il annonçait dès 2014 : « D'ici à 2080, entre 1,1 et 3,2 milliards d'humains manqueront d'eau et entre 200 et 600 millions souffriront de la faim. » Plus modestement et, de manière plus réaliste, espérons-le, la Banque mondiale annonce que ce changement climatique va mettre sur les routes de la planète presque 150 millions de personnes. Ajoutez à cela les populations qui, comme je l'évoquais au chapitre précédent, vont fuir les guerres, les exactions en tous genres ou simplement la misère, celles et ceux qui n'ont plus rien à perdre, et là, on frôle les 300 millions d'êtres qui vont chercher à rejoindre les espaces « où il fait bon vivre », selon la formule consacrée. Sans oublier la montée des eaux. Déjà, certaines îles du Pacifique et d'Océanie voient leurs populations quitter pour toujours la terre de leurs ancêtres avant la catastrophe finale.

31. Fondé en 2007 par l'entrepreneur informaticien et philanthrope Steve Killelea, l'Institute for Economics and Peace a eu un impact profond sur la pensée traditionnelle en matière de sécurité, de défense, de terrorisme et de développement au cours des treize dernières années. Son siège se trouve à Sydney en Australie, mais l'Institut est également présent dans six pays.
Les recherches menées par l'Institut sont partagées à travers plus de 20 milliards d'impressions médiatiques dans 150 pays chaque année. Elles sont largement utilisées par les gouvernements, les établissements universitaires, les groupes de réflexion, les organisations non gouvernementales et par des institutions intergouvernementales telles que l'OCDE, le secrétariat du Commonwealth, la Banque mondiale et les Nations Unies.

Sans surprise, les zones les plus frappées par les catastrophes naturelles sont aussi les plus pauvres, donc les plus fragiles. Comme le souligne la journaliste Laura Parker[32] dans un article paru sur le site du National Geographic, évoquant une étude de la Banque mondiale, inédite par son ampleur : « La majeure partie de ce changement démographique aura lieu en Afrique subsaharienne, en Asie du Sud et en Amérique latine ; trois zones sensibles qui représentent 55 % de la population en voie de développement à travers le monde. » Et la journaliste de donner le diagnostic de ce document : « Les auteurs concluent qu'entre réduction des gaz à effet de serre et autres pollutions, la migration climatique va probablement croître jusqu'en 2050 puis s'accélérer. »

Les avertissements ne manquent pas : des forêts californiennes totalement ravagées par des incendies devenus récurrents depuis plusieurs années (un pays pourtant riche mais qui a perdu plusieurs batailles contre le feu) aux tsunamis qui ont détruit la centrale nucléaire de Fukushima au Japon, ou encore provoqué la mort de 250 000 personnes, principalement en Indonésie, et qui aurait pu provoquer des millions, voire des dizaines de millions de morts, si le séisme s'était produit plus au nord. La vague aurait alors touché le delta du Bangladesh, dont une grande partie du territoire se trouve en dessous du niveau de la mer, ce qui aurait provoqué un effet de trombe et ravagé ce pays parmi les plus pauvres du monde, en passant par une météo et des températures de plus en plus erratiques. Paradoxe dans une époque où les satellites, pléthoriques et performants, sont chargés de scruter la Terre pour anticiper ces redoutables changements climatiques.

Cependant, comme le souligne Arno Tanner du service d'immigration finlandais, dans un article publié par l'ONU, le pire n'est jamais sûr : « Nous abordons peut-être ce phénomène, qui reste modéré, avec exagération et faisons des projections peut-être trop hâtives sur la gravité et la certitude du phénomène. Il est

32. Article publié sur le site du National Geographic le 5 novembre 2020.

trop tôt pour dire avec certitude que les changements climatiques auront des effets dévastateurs, causant par exemple la disparition des petits États insulaires et d'autres terres à faible élévation et pour affirmer qu'ils entraîneront des migrations massives sans précédent. » Mieux, il imagine des mutations plus que des destructions, avec de nouveaux chemins migratoires : « ... il est aussi vrai que de nombreuses régions inhabitables aujourd'hui, par exemple, dans le nord, le nord-ouest et l'ouest de la Chine, ou dans le nord de la Fédération de Russie, pourraient devenir fertiles. Bon nombre d'Asiatiques préféreraient rester en Asie que d'émigrer vers des destinations distantes en Europe et aux États-Unis. De nouvelles voies de migration peuvent donc se former entre les pays en développement et à l'intérieur de ceux-ci, remplaçant en partie les routes migratoires traditionnelles. »

Selon la convention de 1951 dite « de Genève », signée dans cette ville par 145 pays, est considérée comme réfugiée « une personne qui craint d'être menacée ou persécutée dans son pays d'origine en raison de ses opinions politiques, appartenant à un certain groupe social ou en fonction de sa religion ». Un autre protocole relatif au statut des réfugiés, ratifié en 1967 par les signataires, impose aux pays d'accorder l'asile à ces réfugiés et les engage à ne pas les renvoyer dans leur pays d'origine. À cette époque, peu après la guerre, des cohortes de réfugiés fuyaient les bombes et les exécutions. Il n'y avait que quelques dizaines de millions de réfugiés sur les routes et la plupart purent ensuite rentrer chez eux sans crainte. Aujourd'hui, on voit bien où le bât blesse : un réfugié climatique n'entre pas dans ces critères. Et, à l'heure où la plupart des citoyens des pays riches sont tentés par le repli sur soi, aucun dirigeant ne prendrait le risque de signer, au nom de son pays, un avenant qui inclurait celles et ceux qui fuient la sécheresse ou les inondations. La plupart des personnes qui décident de faire la route vers les paradis du nord, ou supposés tels, n'ont d'autre choix que d'opter pour la clandestinité, en prenant le risque de mourir. Mais qu'ont-ils vraiment à perdre ?...

À l'initiative de Joe Biden, le président américain fraîchement élu, les dirigeant(e)s de quarante États se sont virtuellement réunis en mai 2021, à la fois pour fermer la parenthèse Trump et pour réaffirmer leur volonté de lutter contre le réchauffement climatique. Chacun y est allé de ses promesses : Biden s'est engagé à réduire de moitié les émissions de gaz à effet de serre d'ici à la fin de la décennie. Xi Jinping, le président de la république populaire de Chine, s'est bien gardé d'afficher des ambitions aussi volontaires, se contentant de vouloir honorer les décisions qu'il avait prises lors des Accords de Paris de 2015, à savoir atteindre la neutralité carbone (soit une pollution qui n'augmente pas d'ici à... 2060 !) Plus ambigu, le président de la fédération de Russie Vladimir Poutine a déclaré vouloir réduire « considérablement » les émissions de gaz à effet de serre mais sans plus de précision. Quant au couple franco-allemand, les deux dirigeants se sont réparti les rôles. Tandis qu'Angela Merkel se réjouissait à mots couverts que Biden ait pris la place du cauchemar qu'était son prédécesseur, Emmanuel Macron a plaidé, sans doute dans un silence poli, pour des actions concrètes, affirmant : « Agir pour le climat signifie réglementer, et réglementer au niveau international. Si nous ne fixons pas un prix pour le carbone, il n'y aura pas de transition. »

De son côté, partant du principe que la meilleure défense est l'attaque, le chef du gouvernement indien Narendra Modi a refusé de culpabiliser. Pour faire oublier son impréparation à contrer la pandémie à l'origine de centaines de milliers de morts dans son pays, il a préféré tancer les pays riches, dans le but de les pousser à aider plus fortement les pays pauvres et leur permettre d'accéder à une alternative aux centrales à charbon. Un argument bien sûr évident, mais sans doute peu audible dans un contexte où, certes économiquement puissants, ces pays-là croulaient déjà sous les dettes. Pas dupes non plus du fait que ce recul mondial de 6 % des gaz à effet de serre en 2020, dû à la pandémie qui a bloqué les gens chez eux, ne serait qu'un court et illusoire répit.

« QUATRE-VINGTS POUR CENT DU VIGNOBLE FRANÇAIS TOUCHÉ PAR LE GEL LORS DE CE PRINTEMPS 2021 ! »

C'est l'estimation, sans doute provisoire, faite par Jean-Marie Barillère, le président du Comité national des interprofessions des vins à appellation d'origine et à indication géographique. Seules l'Alsace et les Charentes ont été épargnées par ce fléau. Presque un miracle puisque dix régions sur treize ont été touchées.

Céréaliers et betteraviers des plaines du nord frappés dans leur quasi-totalité, « soit 40 000 hectares dévastés », souligne Christiane Lambert, la présidente de la FNSEA, comme si le fléau des pucerons en 2020 n'avait pas suffi, ajoutant que presque tous les départements ont été victimes. Et que dire des arboriculteurs qui ont payé le plus lourd tribut à cette quasi-glaciation tombée brutalement sur la France après qu'en pleine floraison, dans certaines régions, les températures sont descendues à moins cinq ou six degrés ? Devant ces variations brutales, peut-on dire que nous vivons une espèce de yin yang qui souffle alternativement le chaud et le froid ; deux éléments qui deviennent de plus en plus consubstantiels ?

Réaction désabusée de Christiane Lambert, quelques semaines plus tard, au micro de RTL, juste avant le grand colloque à l'occasion de la semaine de l'agriculture en mai 2021 : « Il faut des entreprises qui arrivent à conjuguer innovation et compétitivité. Pour cela, on a l'Innovation, la Recherche. Former les gens pour améliorer les gains de compétitivité grâce aux nouvelles technologies. Vous voulez faire une réserve d'eau, vous avez mille associations sur le dos ! Vous voulez faire un bâtiment agricole plus performant, vous avez mille associations sur le dos ! » Colloque auquel participait Emmanuel Macron à travers la diffusion d'une vidéo, déclarant à cette occasion, comme une forme de « je vous ai compris » : « On ne peut pas dire "la nation doit être souveraine, doit pouvoir se nourrir", et accepter que face à ces dérèglements climatiques on ne résiste pas. » C'est pourquoi il a demandé aux ministres de l'Agriculture et des Finances (MM. Denormandie et Lemaire) de plancher sur une réforme de l'assurance agricole, ajoutant : « Nos agriculteurs ne peuvent pas payer seuls cette assurance. Il faudra qu'il y ait un financement public, de toutes façons, pour créer un système totalement neuf. » Acceptons-en l'augure.

Même si, pour l'heure, nous avons plus un ressenti que des certitudes quant à ce qui se passera à court terme, force est de reconnaître que les pouvoirs publics restent prudents. Généralement plus prompt à prendre qu'à donner au « citoyen-contribuable », le gouvernement a très vite déclaré qu'une enveloppe d'un milliard d'euros devrait être débloquée pour indemniser les agriculteurs victimes de cette catastrophe. Cela s'impose en effet, mais il ne s'agit que d'un colmatage d'urgence. Le problème de fond demeure et les voyants s'affolent, comme le soulignait déjà en 2019 un rapport du Sénat : « [...] l'excès de précipitations printanières est d'autant plus préjudiciable pour le rendement de culture que les températures de l'automne précédent sont anormalement élevées[33]. » Concernant les éleveurs, la sécheresse de 2018 aurait coûté entre un et demi et deux milliards d'euros, précise ce même rapport qui, toutefois, relativise sur un point : « Si l'INRA estime que, jusqu'en 2040-2050, les impacts du changement climatique sur l'agriculture en métropole devraient rester soutenables, en revanche, après 2050, les situations de très fort stress hydrique pourraient constituer une menace majeure pour le secteur agricole en l'absence des mesures d'adaptation nécessaires [...] l'état « normal » des sols à l'horizon 2050-2080 se situera en effet à ce qui correspond aujourd'hui à des situations de sècheresse édaphiques[34] extrêmes. ».

Pour les agriculteurs du monde entier, l'avertissement du GIEC cité par un rapport des Nations Unies pose une équation très simple : « Entre 1880 et 2012, la température moyenne dans le monde a augmenté de 0,85 degré Celsius. Pour mettre cela en perspective, lorsque la température augmente d'un degré, la

33. *Adapter la France aux dérèglements climatiques à l'horizon 2050 : urgence déclarée*, rapport du Sénat, mai 2019

34. Relatif au sol en tant que milieu biologique

production de céréales diminue d'environ 5 %. Le maïs, le blé et les autres récoltes principales ont ainsi enregistré une diminution marquée de la production au niveau mondial, s'élevant à 40 millions de tonnes par an entre 1981 et 2002 à cause du réchauffement climatique. » En somme, les avertissements sans frais se multiplient, pire : ils s'accélèrent.

Mais, doute raisonnable, confiance en leur pays pour les soutenir ou fatalité réaliste, les agriculteurs français sont moins terrorisés par le changement climatique que ne l'est l'ensemble de leurs compatriotes. La conclusion de l'étude menée en 2017, à la demande de l'Ademe, par le directeur de recherche émérite de Sciences Po Paris, Daniel Boy[35], est explicite en ce sens : « Quant aux conséquences du réchauffement climatique, leurs attitudes sont, dans l'ensemble, plus optimistes : 51 % d'entre eux estiment en effet que, face à ces événements, "on s'adaptera sans trop de mal", contre 30 % du public. De même, 55 % d'entre eux pensent que "le changement climatique sera limité à des niveaux acceptables d'ici à la fin du siècle", contre 42 % du public. Enfin, seulement 52 % des agriculteurs admettent qu'il "faudra modifier de façon importante nos modes de vie pour empêcher l'augmentation du réchauffement climatique / changement climatique", contre 60 % du public. Leurs sentiments quant à "l'effet du changement climatique sur l'agriculture en France" sont très partagés : si 66 % d'entre eux jugent cet effet "négatif", 18 % le pensent "positif", et 13 % "sans effet". Toutefois cette ambiguïté dans leurs attitudes à l'égard du changement climatique ne les empêche pas de souhaiter majoritairement la mise en place de politiques de conseil et de valorisation des stratégies de lutte contre cette évolution climatique. Au final, des pourcentages importants d'agriculteurs estiment "devoir faire évoluer leur

35. Présentation de Daniel Boy sur le site de Sciences Po Paris- CEVIPOF : « Daniel Boy est titulaire d'une licence en droit et diplômé de l'Institut d'études politiques de Paris. Il est directeur de recherche émérite FNSP au CEVIPOF, Centre de recherches politiques de Sciences Po, et enseignant au master de Sciences Po, notamment en analyse quantitative des données. Ses recherches se sont développées dans trois domaines : la sociologie électorale, l'écologie politique en France et en Europe, et les relations entre science, technique et société. Il participe notamment à un réseau de chercheurs européens centré sur l'analyse de l'impact des biotechnologies en Europe. Il contribue à la gestion et à l'animation de la Chaire de développement durable dirigée par Laurence Tubiana. »

activité agricole en raison des impacts du changement climatique" (84 %) et 74 % s'estiment en mesure de réduire les émissions de gaz à effet de serre générées par l'activité agricole de leur exploitation. »

Sans doute aussi parce que la plupart savent qu'à l'instar des nuages de Tchernobyl qui ne se sont pas arrêtés aux frontières, le réchauffement climatique impose une interdépendance des peuples. Certes, en France, l'agriculture contribue pour 20 % des gaz à effet de serre mais, sans une union sacrée des peuples, tous ces efforts ne seront que bonne conscience – comme nous en avons le secret –, entre deux vœux pieux mais qui ne font pas progresser l'affaire d'un iota. En réalité, pour l'heure, chacun reste campé sur ses positions. Même les pays – qui ne sont plus vraiment – émergents pensent, comme le dirigeant indien Modi dont j'évoquais plus haut les idées, que c'est aux nations encore présentées comme étant « riches » (Amérique du Nord, Europe et Japon notamment) de faire le principal effort, au prétexte qu'ils doivent leur croissance et leur aisance à deux siècles de domination, durant lesquels ils ont largement profité des richesses des pays sous leur coupe. Si on ne peut nier la véracité de ses propos, peut-on refaire l'Histoire ? Non. Alors, il semble temps que les uns fassent chacun un pas vers les autres, pour enfin sortir de l'immobilisme, arrêter de se regarder en chiens de faïence. Tous les scientifiques s'accordent à dire que 2050 constituera une période charnière. Et beaucoup précisent que ce sont les humains qui périront, pas la planète. Souvenons-nous que, lors du premier confinement de mars 2020, le plus strict, dès le début du mois d'avril, au large des calanques marseillaises, on a très vite aperçu de grands cétacés comme le rorqual, deuxième animal le plus grand du monde après la baleine. Preuve que, si l'être humain disparaît, la résilience de la Terre ne prendra pas des siècles.

Un élément est toutefois incontournable dans la profonde mutation que vit la planète : les incidences économiques. Au-delà des coût humains (de plus en plus fréquents), ce climat hors contrôle va être surtout un accélérateur des inégalités. Comme le souligne l'économiste Christian de Perthuis, fondateur de la « chaire d'économie du climat » à l'université Paris-Dauphine : « Le réchauffement climatique a en effet un coût qui est variable selon la structure des économies impactées. Prenons l'exemple de l'agriculture : en Europe, sa part est inférieure à 3 % du PIB, alors qu'en Afrique, notamment au sud du Sahara, elle grimpe jusqu'à 40 % ! Comme l'agriculture est peut-être le secteur le plus sensible aux aléas climatiques, il est évident que ces économies, déjà fragiles, souffrent encore plus du dérèglement du climat ». Pour autant, Christian de Perthuis préfère être positif, espérant que la prise de conscience soit collective : « L'économie peut être un levier puissant dans la lutte contre le réchauffement climatique, bien entendu. Une taxation efficace du carbone, par exemple, permettrait de dégager des moyens très importants pour accompagner la transition énergétique et agro écologique au niveau mondial. Mais cela ne suffira pas : seule une réorganisation drastique de nos moyens de production et de stockage de l'énergie peut nous permettre d'avancer ».

Interview pour la Dépèche.fr publiée le 19/09/2021

Reste à savoir de quelle ampleur et sur quelle durée doivent porter nos efforts. Bien sûr, la sévère pandémie de la Covid 19, qui a frappé le monde entier, a bouleversé la donne en imposant une urgence sanitaire et économique. Mais ce genre de petits pas suffiront-ils ?

Les véhicules trop polluants interdits de commercialisation d'ici à 2030. De nombreuses lignes aéronautiques intérieures supprimées quand l'alternative ferroviaire propose des trajets à moins de deux heures trente. L'arrêt des développements aéroportuaires. L'aide et l'accompagnement pour la rénovation thermique, notamment pour les ménages les plus modestes.

Un article de cette Loi climat, consacré au nouveau concept « d'écocide », prévoit de lourdes amendes voire des peines de prison et, dans certains cas, « Le tribunal peut également imposer au condamné de procéder à la restauration du milieu naturel ». La publicité mieux encadrée pour éviter les ambiguïtés quand est vantée la qualité de produits qui se présentent comme étant « verts et écologiques » et qui ne le sont pas tant que cela. Une alternative végétarienne bientôt mise en place dans les cantines scolaires, etc.

Comme habituellement, cette liste « à la Prévert » de la Loi climat – à laquelle le gouvernement va consacrer trente milliards d'euros à terme – suffit dans un premier temps aux uns et mécontente les autres qui voudraient plus et plus vite. Pour Barbara Pompili, la ministre de la Transition Écologique, et ancienne membre leader du parti Europe Écologie Les Verts : « Par l'ampleur des enjeux qu'il couvre, par l'esprit de transformation concrète, dans la vie, dans le quotidien des Français, le projet de loi que je porte sera, j'en suis sûre, une pierre majeure de cet édifice. » Ce à quoi répond son ancien collègue macroniste (qui a repris sa liberté en cofondant le groupe Écologie Démocratie Solidarité à l'Assemblée nationale), le député Mathieu Orphelin, qui lui oppose une contre-loi qui va beaucoup plus loin : « Le changement climatique est l'affaire du siècle et la France peut relever les défis de cette urgence. » Il ajoute : « La France, clairement en retard sur son objectif de réduction de 40 % des émissions de gaz à effet de serre à l'horizon 2030, devrait être dans une dynamique de rehaussement de ses objectifs. » Qui a raison, qui a tort ? Deux convictions s'affrontent. Et ce sont les Français qui jugeront à terme. À condition qu'ils fassent leur part. Qu'ils participent aux efforts, chacun en fonction de ses possibilités. Se comporter en citoyen et non en consommateur qui attend tout de l'État. L'État, de son côté, devrait se positionner davantage dans la conviction que dans la punition. D'autant que l'adhésion du plus grand nombre sera indispensable vis-à-vis d'un autre défi majeur qui nous attend et que nous aborderons dans le chapitre suivant. Un défi lié au climat mais qui possède sa propre dimension planétaire car au moins autant géopolitique qu'écologique : celle qu'on appelle l'or bleu.

Le deuxième volet du rapport du GIEC, publié le 28 février 2022, n'est plus un avertissement mais un cri d'appel au secours. Comme le souligne le Secrétaire général de l'ONU, Antonio Guterres : « Ce rapport est un recueil de la souffrance humaine et une accusation accablante envers l'échec des dirigeants dans la lutte contre les changements climatiques ». Parlant même d'une « abdication de leadership criminelle ». Ce rapport confirme les coups, parfois irréversibles, portés à la biodiversité. Les dégâts causés vont s'intensifier selon les experts. Même si, par miracle, nous réussissions l'exploit de limiter ce réchauffement à +1,5 %, ce sont entre 3 et 14 % des espèces encore vivantes qui risquent de disparaître définitivement. Provoquant, par ailleurs, un risque majeur pour un milliard d'individus qui vivent sur les côtes. Ce deuxième volet montre aussi que, plus qu'un dérèglement, c'est la simultanéité des conséquences qui est gravissime : « La multiplication des vagues de chaleur, des sécheresses et des inondations excède déjà les seuils de tolérance des végétaux et des animaux provoquant la mortalité massive d'arbres, de coraux et d'autres espèces. Du fait qu'ils surviennent simultanément, ces extrêmes météorologiques ont des répercussions en cascade de plus en plus difficiles à gérer. Ils exposent ainsi des centaines de millions de personnes à une insécurité alimentaire et hydrique aigüe, notamment en Afrique, en Asie, Amérique centrale et Amérique du Sud, dans les petites îles en Arctique ». Le troisième volet de ce sixième rapport du GIEC est prévu pour avril 2022. On se demande bien ce qu'il peut advenir de pire.

Hélas, comme le premier volet publié en août 2021, ce rapport a vite été mis de côté. La première fois parce que, libérés pendant quelques semaines de la Covid 19, les Français – et une grande partie du monde – ont jeté le masque, préférant ignorer les problèmes pour retrouver le temps de leur insou-

ciance, celui des vacances. La seconde fois, pour cause d'une guerre en Ukraine. Une « première » sur le sol européen depuis la fin de la Seconde guerre mondiale ; sidérant la planète par sa brutalité et son inhumanité ; du moins les populations qui ont encore la chance de vivre en démocratie.

Bref, malgré tous les avertissements depuis trois décennies, nous continuons à danser au pied du volcan.

7.
L'eau, les nations et... encore la guerre

Du plus loin qu'il se souvienne, Yassine était heureux et fier d'avoir en héritage l'un des plus prestigieux pays au monde : l'Égypte. L'un de ceux que tous les touristes de la planète rêvent de visiter, faire une exquise croisière sur l'un de ces luxueux bateaux qu'évoquait Agatha Christie dans un célèbre roman. Ces navires d'eau douce qui glissaient silencieusement sur l'eau comme pour signaler à leur clientèle, habituée au meilleur, qu'ils pouvaient rivaliser avec les plus beaux palaces du monde. Les passagers pouvaient admirer les paysages qui bordaient le dieu-fleuve et siroter leur cocktail en toute quiétude.

Mais ces touristes-là se faisaient rares en 2021. Entre pandémie et terrorisme, l'une des principales sources économiques de l'Égypte s'était quasiment tarie. De barman à bord du remarquable Nile Empress, véritable cinq-étoiles flottant, il avait dû se rabattre sur une petite felouque avec laquelle il avait appris à pêcher grâce au savoir-faire d'Abdoul, son voisin plus âgé, dont c'était le métier depuis toujours. Yassine n'avait pas le choix s'il voulait nourrir Samira et leurs quatre enfants. Son diplôme de l'École supérieure de tourisme du Caire ne pouvait l'aider en rien pour attraper les poissons.

C'est peu après qu'une autre plaie allait s'abattre sur l'Égypte. Depuis plusieurs années déjà, l'Éthiopie avait pris la décision de construire sur le Nil bleu un barrage XXL de 155 mètres de hauteur, avec une capacité de stockage de 74 milliards de mètres cubes, donnant naissance à une méga centrale hydroélectrique, la plus grande d'Afrique, « qui allait contribuer à accélérer le développement du pays », avait affirmé le gouvernement d'Addis-Abeba. Immédiatement, l'Égypte et le Soudan s'étaient alarmés. Situé en aval de ce méga bassin, le système pourrait diminuer fortement le niveau d'eau du fleuve pour la partie qui les concerne. Or, c'est le long de ces rives que se situent les meilleures terres agricoles grâce aux sédiments que le Nil dépose à son passage, depuis des millénaires. Et c'est aux mêmes endroits que se nichent les trésors architecturaux du pays. Une fois encore, la main de l'homme tordait ce que la nature avait enfanté. Au début, Yassine s'en moquait. C'étaient des chicayas politiques qui, pensait-il, ne le concernaient pas. Pourtant, première alerte en 2017, le président de la république arabe d'Égypte, le général Al-Sissi, se référant aux accords de 1959 entre les trois pays qui donnait les trois quarts du Nil à son propre pays, avait prévenu, laissant planer une menace sous-jacente : « C'est une question de vie ou de mort. » Comprenez : l'Éthiopie ne doit pas aller trop loin en termes de capture d'eau. Deux années plus tard, le Premier ministre éthiopien rétorquait sans ménagement : « Aucune force ne [pourra] nous empêcher de terminer ce barrage. » C'est à partir de là que Yassine a commencé à être inquiet. Les islamistes l'avaient chassé de son bateau, les Éthiopiens feraient-ils de même pour sa petite felouque ? Irait-on jusqu'à la guerre ? Quel nouveau travail pourrait lui permettre de nourrir sa famille ?

Maintenant on en parle de plus en plus à la télévision, à la radio et dans les journaux. Un premier remplissage avait eu lieu, représentant dix pour cent du volume total. Et la tension se faisait plus vive. Depuis, quand il va pêcher, le fleuve a des reflets d'angoisse.

Yassine pourrait être le début d'un roman mais il illustre surtout, très possiblement, ce que vont vivre dans quelques années des millions de personnes en aval de ce barrage. Si le pire n'est jamais sûr, il reste probable. Presque une certitude, tant la polémique entre les trois protagonistes s'est exacerbée. D'ailleurs, suite à l'échec d'une énième et infructueuse négociation début avril 2021, Soudanais et Égyptiens ont confirmé n'exclure aucune option si leurs intérêts étaient menacés. On ne peut être plus clair. Une guerre de plus, dans une région poudrière, ne serait pas la bienvenue. Il y a déjà assez de conflits – et de morts – pour allumer un nouveau foyer de drames. C'est pourquoi les Nations Unies et le Conseil de sécurité ne ménagent pas leurs efforts pour apaiser les velléités belliqueuses des uns et des autres.

Pas question néanmoins de caricaturer en affirmant que les problèmes viennent toujours des mêmes. Ce sujet, éminemment politique, existe aussi ailleurs au sein d'un même pays, les États-Unis. Déjà, il y a presque vingt ans, en 2002, le journal *Le Monde* alertait sous la signature de son reporter, Jacques-Franck Degioanni : « L'objet de cette querelle est le fleuve Colorado, qui se jette dans le golfe de Californie au Mexique, après avoir traversé cinq États américains, et dont les réserves se sont considérablement appauvries en raison de la sécheresse ces cinq dernières années. »[36] Le fleuve, superbe alors, se jette aujourd'hui quasiment exsangue dans l'océan Pacifique, traversant cinq États qui le surexploitent, parfois pour des raisons dont le ridicule le dispute à l'inconscient. Un nouveau reportage réalisé par le photographe John Trotter, relaté en 2019 par le magazine M du Monde, pointe des conséquences encore plus désastreuses : « Il a rapporté de ses voyages la série No Agua, No Vida illustrant l'aggravation de la situation autant que l'illusion de villes qui s'obstinent à vivre dans une sorte d'éternelle abondance, sans se soucier de la bataille quotidienne. » Tout cela pour « alimenter les golfs de Scottsdale ou le parc aquatique de Tempe (Arizona), les orangers de l'Imperial Valley (Californie), le tourisme nautique sur le lac Powell (Utah) ou l'arrosage des pelouses des pavillons de Las Vegas (Nevada), la ville approvisionnée à 90 % par les réserves du lac Mead[37] ».

36. Article publié sur le site du journal Le Monde, le 22 août 2002.

37. « Le Colorado, un fleuve en péril », ***M Le Mag***, Corine Lesnes, 27 mai 2019

De manière plus responsable, dès 1972, Le Mali, la Mauritanie et le Sénégal ont allié leurs forces pour préserver et utiliser les ressources du fleuve Sénégal. Rejoints par la Guinée en 2006, l'Organisation pour la mise en valeur du fleuve Sénégal (OMVS) est la preuve qu'entre gens respectueux les uns des autres, on peut prendre des initiatives de long terme. Ce qui n'a pas empêché la réalisation d'infrastructures, à commencer par des barrages. Tout n'est certes pas idyllique et les créateurs de 1972 n'avaient sans doute pas anticipé tous les effets pervers sociaux et politiques corollaires, les pays alentour hors alliance subissant parfois les initiatives de l'OMVS.

Pour mieux comprendre les enjeux politiques et économiques, quelques chiffres s'imposent. Si l'eau recouvre environ 70 % de la surface de la Terre, elle est essentiellement salée. L'eau douce – et donc potable quand les activités humaines ne l'ont pas polluée – ne représente que 2,8 % de l'ensemble. Dès lors, s'impose une incontournable réalité : la disparité. Selon l'ONU : 2,2 milliards de personnes n'ont pas accès à l'eau potable, 4,2 milliards manquent de services d'assainissement, 300 000 enfants meurent de diarrhées liées à l'insalubrité de l'eau consommée chaque année et 850 000 meurent à cause du manque d'eau. Sans surprise, ce sont les zones et pays aux revenus les plus faibles, n'offrant quasiment aucune infrastructure sanitaire, qui paient le plus lourd tribut. L'Afrique en premier lieu, notamment les pays du Sahel, comme d'habitude, serait-on tenté de dire[38].

À l'inverse, les pays du nord et l'Amérique latine sont en abondance. Ce n'est donc pas un hasard si c'est le Brésil qui possède, avec le fleuve Amazone, le plus important volume de ressources renouvelables en eau douce avec 8 233 km3 disponibles (soit 82 330 milliards de litres), suivi de la Russie (4 508 km3, grâce au lac Baïkal, le plus grand et le plus profond lac du monde, qui représente un cinquième de l'eau douce mondiale), des États-Unis (3 069 km3), du Canada (2 902 km3) et enfin de la Chine avec 2 840 km3.

38. *Les 45 pays en pénurie d'eau dans le monde*, Agence France Presse, Thomas Saint-Cric

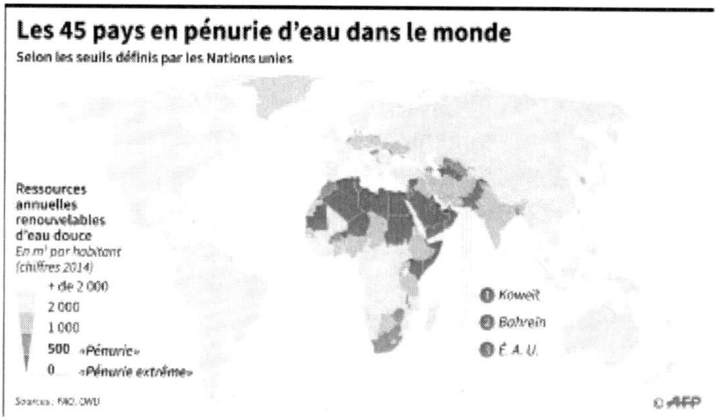

Le premier constat qu'on peut établir, c'est qu'apparaît, en filigrane, le futur rapport de forces géopolitiques. Ne nous cachons pas derrière un inutile « politiquement correct », les plus grandes sources d'eau potable se trouvent majoritairement dans des pays au mieux « i-libéraux », au pire des autocraties à la morale douteuse. Et quand il s'agit d'une démocratie, elle est parfois culturellement ultra-libérale en matière d'économie. On a pu l'observer lors des différentes crises, financière comme sanitaire, le « chacun pour soi » n'est jamais loin lorsqu'un peuple a peur. Sans doute parce que, comme souvent, l'humain s'est comporté comme une grenouille dans l'eau tiède[39]. Nous retardons l'instant où, de colloques en rapports qui restent lettres mortes, les États – et surtout ceux qui les dirigent – décideront de passer au concret avant que le danger ne soit irrémédiable car, comme le souligne le géographe René-Éric Dagorn[40] dans un article publié en juillet 2009 sur le site d'information en ligne Sciences Humaines : « De

39. Si l'expérience est controversée, reste la parabole riche d'enseignements : si vous mettez une grenouille dans de l'eau bouillante, la plupart du temps, sa réaction de douleur lui permet de s'échapper. Si le même animal est mis dans de l'eau tiède et qu'on porte progressivement l'eau à ébullition, il n'a plus l'énergie nécessaire pour s'échapper et meurt ébouillanté.

40. René-Éric Dagorn enseigne la géographie en classes préparatoires (hypokhâgne et khâgne) à Paris. Il est également le coordinateur des enseignements Enjeux politiques de la géographie à Sciences-Po Paris. Il a enseigné pendant quinze ans au collège de La Fère (Aisne) et aux lycées de Saint-Quentin et de Château-Thierry.

la production au traitement, c'est la capacité des sociétés à fabriquer les espaces de l'accès à l'eau potable qui est déterminant. » Dans l'excellent rapport L'eau, un enjeu stratégique mondial publié par l'Institut Choiseul, Jean-François Daguzan[41] rassure quant au positionnement économique de la France : « Le savoir-faire global est peu partagé et les concurrents à venir – comme les entreprises chinoises – accusent un retard qui ne sera pas comblé avant longtemps. Dans cet univers éclaté, la France, seule, dispose d'un écosystème industriel varié et de qualité, mais aussi d'une gouvernance efficace. Elle est le seul pays au monde à disposer d'une palette d'acteurs – du plus petit au plus grand : un faisceau de PME / start-up spécialisées, un acteur national reconnu (Saur) et deux champions mondiaux (Suez et Veolia) capables de se déployer partout dans le monde. » Ce qui devient un élément déterminant dans un monde où les rapports se tendent de plus en plus et où chacun va vouloir retirer l'intérêt maximum de sa position géopolitique ou de son savoir-faire. Comme le souligne la Coordination Rurale, placée à la gauche de la paysannerie française : « Le coefficient de ruissellement est le rapport entre l'eau écoulée et l'eau totale apportée par les précipitations. Ce coefficient est donc de 175 / 486 = 36 % pour notre pays. Il correspond à peu près à la moyenne mondiale, mais ce coefficient est de 0 % dans les déserts, 6 % dans les zones soudaniennes d'Afrique et 80 % pour certaines régions sibériennes. » En espérant qu'il ne soit pas trop tard pour éviter l'irréparable : la guerre de l'eau.

En France, pour ce qui concerne notre agriculture, le problème est tout aussi complexe.

Souvenez-vous, 2014, Sivens, dans le Tarn. Une commune – très

41. Jean-François Daguzan est docteur en Droit et docteur d'État en Sciences Politiques. Secrétaire général délégué du CREST, il est actuellement vice-président et président du Conseil scientifique de l'Institut Choiseul. L'institut Choiseul est un « think tank » indépendant dédié à l'analyse des questions stratégiques internationales et de la gouvernance économique mondiale.

agricole – veut construire de quoi capter l'eau afin d'irriguer les champs quand l'été asséchera en partie les cours d'eau et que la pluie ne sera plus au rendez-vous. Les autorités locales évoquent un « bassin de rétention » mais les écologistes locaux parlent d'un véritable barrage. Seul élément avéré, l'ouvrage initial permettra de capter un million et demi de mètres cubes. Rapides à profiter de toutes les situations pour faire parler d'eux, les écolos sont très vite rejoints par des activistes – moitié militants sincères, moitié casseurs – et les affrontements ont lieu les 25 et 26 octobre 2014, quand le drame se produit. Une grenade offensive tirée « en cloche » par un gendarme, à la nuit tombée, se loge entre la veste et le sac-à-dos d'un jeune botaniste de 21 ans, Rémi Fraisse, venu soutenir les opposants au projet. Elle le tue. La douleur d'une famille, l'émoi des Français et l'embarras du gouvernement de François Hollande, alors président de la République, provoque le gel du projet en l'état ; et définitivement abandonné ensuite par Emmanuel Macron et Édouard Philippe. Maraîchers, producteurs de blé ou d'orge devront se débrouiller autrement pour l'instant. Un constat amer qu'évoque à l'époque un agriculteur qui attendait avec espoir la concrétisation de ce projet, au journal *Le Monde* : « Dans les années soixante-dix, il y avait 150 exploitants. Aujourd'hui, il en reste 40[42]. » Tout est dit.

Récemment, le dossier est revenu sur le devant de la scène (six ans et demi plus tard !), afin de résoudre le problème dans cette vallée du Tescou. Pour l'heure, rien de concret en dépit de quelques annonces comme la nomination d'un médiateur confié à la préfecture du Tarn et différentes études qui auraient coûté presque un million d'euros ! En attendant, quel mépris pour les agriculteurs de la vallée du Tescou et, à travers eux, l'ensemble du monde agricole. Un monde qui n'est plus en position de force. Sans surprise hélas, le poids politique des agriculteurs s'est réduit comme peau de chagrin au fil des décennies.

Jusqu'à la charnière des années soixante-dix / quatre-vingts, la ruralité pesait dans l'action politique puisque les agriculteurs,

42. Interview réalisée par Morgane Thual, publiée le 7 novembre 2014.

leurs familles et leur environnement sociétal représentaient une force élective importante. Mais ce sont les villes et leur immédiate périphérie qui tiennent désormais le haut du pavé avec une pensée dominante qui souhaite : une agriculture de proximité, de bons produits, pas chers, sans pesticides, sans modifier nos besoins et nos envies tout en interdisant de toucher au moindre brin d'herbe – sauf si c'est pour construire des logements, espace le plus souvent pris sur de la surface agricole utile. Cherchez l'erreur. Dans ce contexte, on croise régulièrement l'inconscience et l'incompétence.

Il est vrai que, dans ces zones périurbaines, les particuliers sont de plus en plus nombreux à vouloir installer des bassins pour recueillir des eaux de pluie afin d'arroser leur jardin ou laver leur voiture, mais encore faudrait-il bénéficier d'un espace suffisant autour de sa maison. Sans compter la pollution visuelle conséquente si des normes très précises, d'enfouissement par exemple, ne sont pas fixées par les pouvoirs publics. Cela reste au rayon des initiatives, louables certes, mais qui n'entraveront malheureusement en rien la marche inexorable du dérèglement climatique et de l'assèchement des lacs et des rivières. Reste que nous ignorons jusqu'à quand les ressources naturelles de la France lui seront suffisantes[43].

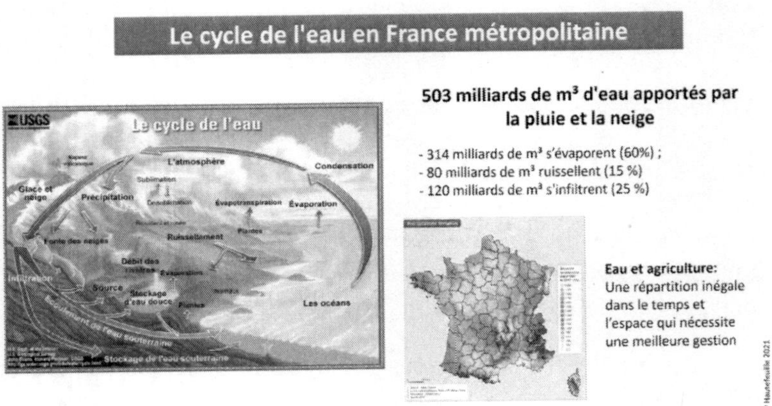

43. Le cycle de l'eau en France métropolitaine, Patrick Hautefeuille, 2021. Ingénieur spécialisé dans la protection des cultures, il est diplômé de l'École nationale supérieure d'horticulture de Versailles et titulaire d'un DEA de physiologie végétale de l'Université Pierre-et-Marie-Curie (Paris VII).

À cette inquiétante perspective viennent s'ajouter, au printemps 2021, les nuages noirs qui s'amoncellent sur l'Arctique. Trois fois, depuis l'après-guerre, des présidents américains ont tenté de racheter le Groenland au Danemark, sans succès. Une proposition lourde de dollars. La région est riche, très riche. Pétrole, gaz, uranium, terres rares, sans compter une importante ressource halieutique.

Tout cela attise les convoitises les plus bassement matérielles. C'est dans ce contexte qu'on doit inscrire la tension née entre les États-Unis et la Russie. Cette dernière revendiquant le droit d'exploiter son bout de plateau continental ; qui semble bien grand. Trop grand peut-être. Mais ce sont surtout les conséquences qui sont énormes. En premier lieu la réserve d'eau douce que l'Arctique représente – elle serait sans doute la plus importante au monde avec sa sœur jumelle, de l'autre côté du globe –, mais il s'agit d'un patrimoine en trompe-l'œil car qui peut prévoir d'ores et déjà les conséquences qu'aurait la fonte de la glace et son inévitable disparition ? Le quasi-viol de cette terre, vierge depuis des dizaines, voire des centaines de milliers d'années, qui deviendrait alors une véritable boîte de Pandore[44], où il ne resterait même pas l'espoir au fond qui pourrait peut-être nous sauver.

Une malédiction augmentée par l'ouverture d'une voie maritime : entre supertankers et porte-containers géants, en passant par les plateformes pétrolières et bateaux de croisières qui détruisent les fonds marins... qu'en restera-t-il dans quelques décennies ? Pire effet encore, la fonte du permafrost où, d'après les scientifiques, des milliards de bactéries sont piégées depuis des centaines de millions d'années. Sans que nous sachions combien d'entre elles peuvent nous nuire. En ces temps de virus meutriers et mutants en tous genres, cette question devient majeure.

Tout cela n'augure rien de bon. Et les options pour éviter le pire

44. Dans la mythologie grecque, Pandora fut créée sur l'ordre de Zeus par son frère Héphaïstos avec de l'argile et de l'eau. Pour se venger des hommes qui lui avaient volé le secret du feu, il décida que la boîte qu'elle recevrait en cadeau de mariage contiendrait tous les maux de la Terre, avec interdiction de l'ouvrir. Mais la curiosité de Pandora fut la plus forte et la Folie, le Vice, la Tromperie, la Passion, l'Orgueil s'échappèrent pour envahir le monde. Seul resta, au fond de la boîte... l'Espoir.

ne sont pas légion. La plus immédiate et la plus évidente solution reste, pour l'heure, un moratoire suivi d'un engagement solennel de faire des deux pôles des sanctuaires, où chaque nation déclarerait sur l'honneur respecter cet espace sacré. Ensuite, à défaut de répartir équitablement les ressources d'eau douce à la disposition des êtres humains, ne pas en faire, au moins, un rapport de force ou – pire – un chantage ou un élément d'influence politique comme les pays riches en ont le secret, poursuivant ainsi une longue tradition d'arrogance et de mépris vis-à-vis des pays pauvres et sans ressources.

Est-ce possible ? Nous l'ignorons tous. Quand on voit la course, pleine d'arrière-pensées, derrière une future installation sur la Lune ou Mars, on se dit que l'affaire est loin d'être gagnée. Seule certitude : sans nourriture, on meurt de faim en quatre-vingts jours environ. Sans eau, on meurt en moins de dix jours.

Il nous reste à méditer le propos d'Erik Orsenna dans son ouvrage *L'avenir de l'eau – Petit précis de mondialisation* :

« Au commencement de toute l'humanité est l'eau.

Au commencement de toute dignité, de toute santé, de toute éducation, de tout développement. Dans l'ordre des priorités, rien ne précède l'accès à l'eau[45]. »

45. Page 238, Editions Fayard, 2008

8.
Écologistes et agriculteurs, les rendez-vous manqués

Un maire qui refuse l'installation du traditionnel sapin de Noël de la ville au prétexte qu'il ne veut pas exposer « un arbre mort ».

Une autre qui refuse l'arrivée du Tour de France – la plus populaire des compétitions françaises dans l'hexagone et à laquelle les gens peuvent assister sans payer (fait rare de nos jours) –, sous prétexte que cette compétition est « machiste et polluante », après que ses amis d'EELV, élus à Rennes, ont fait assez pression sur elle pour obtenir qu'elle refuse aussi d'être la ville de départ de la Grande Boucle en 2021.

Sa collègue de Poitiers qui supprime la maigre subvention que la ville octroyait à l'école de pilotage. École qui avait pourtant vocation à permettre aux jeunes, souvent venus de familles modestes, de vivre la « magie des airs ». Martelant fièrement sa conviction, à savoir : « L'aérien, c'est triste, mais ça ne doit plus faire partie des rêves d'enfants. » On reste confondu devant des propos qui confinent à l'arrogance – décider pour les autres ce qu'est le Bien et ce qu'est le Mal –, voire à une certaine méchanceté, celle de décevoir des enfants qui grandissent à travers leurs rêves, fût-ce celui d'Icare.

On savait l'écologie politique française assez dogmatique, mais ces exemples récents, presque tirés par les cheveux, venus justement des rangs d'EELV, le disputent entre le ridicule et l'intolérance. Ce qui leur vaut le récent surnom de « pastèque », vert dehors, rouge dedans ; allusion à peine voilée aux méthodes de l'Union soviétique, menaçant la France d'une longue dérive de plus en plus autoritaire. Une rapide mise en perspective s'impose donc pour tenter de comprendre comment nous en sommes arrivés là.

« Oikos » (la maison ou l'habitat) et « logos » (science ou connaissance), deux termes que le biologiste allemand Ernst Haeckel a l'idée de réunir en 1866 pour donner naissance au concept « d'écologie[46] ». Lui – qui appartenait au courant philosophique moniste, à savoir la défense de l'union entre la Nature et les sociétés humaines – souhaitait que les réformes soient avant tout fondées sur les sciences. On est loin des anathèmes et des suspicions actuelles en tout genre concernant ce concept.

Pourtant, plus près de nous, un vieux monsieur aux cheveux blancs en désordre et au pull-over rouge, accompagné d'un verre d'eau et d'une pomme, René Dumont, se présentait à l'élection présidentielle de 1974 pour alerter sur la façon dont nous traitions – déjà ! – notre précieuse Terre. Comme tous ceux qui dansent au pied d'un volcan, ses incantations furent accueillies par les Français, au mieux par l'indifférence, mais le plus souvent par des quolibets qui brocardaient ce « doux-dingue ». Qu'importe, cet ingénieur agronome, diplômé du prestigieux « Institut national agronomique » (devenu depuis Agro Paris Tech), n'a eu de cesse de rappeler des vérités que personne n'avait envie d'entendre. Les Trente Glorieuses enivrent alors l'ensemble des citoyens qui, devant le « ruissellement » économique qui irrigue le pays, croient que les arbres montent jusqu'au ciel. Puis, après les deux chocs pétroliers et quelques krachs financiers, ce monde sourd court après son paradis perdu. Péché originel alors que, dans l'un de

46. « Aux origines de la science écologique », Revue d'histoire des sciences, Jean-Paul Deléage, 1992

ses plus célèbres ouvrages, *L'Utopie ou la Mort*[47], René Dumont s'inquiétait d'un possible effondrement de notre civilisation si la croissance exponentielle perdurait. D'un ouvrage à l'autre, en 1962 il y a déjà le magnifique « Printemps silencieux » de la biologiste américaine Rachem Carson. Elle alerte sur les effets négatifs des pesticides d'alors, comme le DDT qui tuent les insectes mais aussi les oiseaux qui s'en nourrissent et tuant les agriculteurs à petit feu. Un livre qui va être la première prise de conscience collective sur les méfaits d'une industrie chimique devenue reine de la désinformation avec la complicité passive (et peut-être même active) d'une classe politique qui ne voyait pas l'intérêt de telles alertes.

Plus d'un demi-siècle plus tard, nous sommes dans l'urgence. Mais, à l'aune de la planète, cinquante ans, c'est une poussière de temps.

Un demi-siècle au cours duquel chaque mouvement a suivi sa route et ses tropismes. Pragmatique pour les Grünen ; les Verts allemands furent les premiers à se structurer en un mouvement politique en 1980. Trois ans plus tard, ils font leur entrée au Bundestag, le parlement outre-Rhin, en s'alliant avec le parti Social-Démocrate (SPD), l'une des deux grandes forces politiques du pays de l'époque. Fort du choix assumé de s'établir dans le concret, le parti armé de sa crédibilité s'installe auprès des électeurs. À l'exemple d'un Daniel Cohn-Bendit, député européen pendant vingt ans, après avoir été adjoint au maire de Francfort en charge des Affaires multiculturelles, et de son ami Joschka Fischer, qui fut ministre de l'Environnement mais aussi des Affaires étrangères de son pays.

Idéologique, voire sectaire, de notre côté du Rhin. Née quatre ans après les Grünen, l'écologie politique française est incarnée par Les Verts, fusion de deux mouvements : le Parti économiste et la Confédération écologiste. Enfants de Mai 68, les Verts français sont clairement ancrés à gauche. S'éloignant définitivement

47. Editions du Seuil, 1973

de leurs homologues allemands, ils préfèrent politiser leur combat. Romantisme ou naïveté, on ne sait pas trop... Seul à vouloir s'émanciper des tutelles des courants politiques, Antoine Waechter, quand il devient le patron du parti, déclare que « l'écologie n'est pas à marier » ; on peut aussi comprendre « n'est pas à vendre ». Ce goût d'indépendance permet aux Verts d'obtenir dix pour cent des votes lors des élections européennes de 1989. Des élections qui ont souvent servi de défouloir car jugées, à tort, sans réel impact sur la vie des gens. Il faudra attendre la force de persuasion de Cohn-Bendit pour qu'il cofonde, après avoir réussi à regrouper certains mouvements, Europe Écologie-Les Verts, offrant au parti une assise plus importante, permettant même à certains de devenir ministres.

Mais le syndrome d'Azincourt[48] court toujours et les mouvements qui se revendiquent de l'écologie politique font florès. Si vous cherchez sur Internet « mouvement d'écologie politique », vous verrez la quantité de mouvements qui existent et leurs intitulés... avec, au passage, un bon moment de rire. Comme les chevaliers de l'époque, tous partent en ordre dispersé et perdent ainsi en efficacité comme en crédibilité. À l'inverse de nos voisins allemands où, organisées autour du navire amiral que sont les Grünen, ce sont surtout des initiatives citoyennes qui interviennent. Au plus près du terrain avec, toujours, la volonté de trouver un consensus entre les différentes parties prenantes d'un projet immobilier ou d'une nouvelle infrastructure, avant d'en venir au procès ou à l'affrontement.

Ajoutez à cela que, jusqu'à présent, la plupart des mesures préco-

---

48. Azincourt, 25 octobre 1415, jour de la Saint-Crépin. La pluie tombe à verse sur cette petite bourgade du Pas-de-Calais. Forte de dix mille hommes, l'armée française de Charles VI (absent ce jour-là) fait barrage à l'armée anglaise d'Henri V pour l'empêcher de se rendre à Calais, conquise peu auparavant par ses troupes. De leur côté, les Anglais n'ont que six mille hommes mais deux atouts : des archers bien entraînés (alors que les Français utilisent plutôt des arbalètes, efficaces mais lentes à charger) et une discipline de fer. Quand la bataille s'engage, la pluie a transformé les terres alentour en un vaste champ de boue où s'enfoncent les lourds chevaux, les empêchant de se mouvoir rapidement. Persuadés de la victoire, sans même laisser d'abord les troupes au sol intervenir, les chevaliers français galopent vers les lignes anglaises, chacun voulant sa part de gloire. C'est un carnage. 90 % de la noblesse française est morte, dont des lignées entières des plus grandes familles de France. Prisonniers et blessés sont froidement achevés par leurs adversaires. Ce fut le pire moment de la guerre de Cent Ans pour le royaume, et Azincourt devint le symbole d'une cuisante défaite.

nisées ou mises en place par les Verts chez nous, quand ils étaient au pouvoir, avaient toujours une dimension négative, voire punitive : taxes en tous genres, sur les carburants, les transports (qui ne se souvient pas des fameux portiques brûlés, en Bretagne, avec la révolte des bonnets rouges), Loi Alur par exemple, qui a fait fuir nombre d'investisseurs immobiliers devant la complexité administrative quasi paranoïaque, et j'en passe. Quant à Paris, sous leur influence, la capitale a peu à peu réduit de manière drastique la place réservée aux voitures – sans risque politique puisque seulement un tiers des Parisiens en possèdent une – avec un double effet pervers : provoquer de nouveaux bouchons (et de nouvelles pollutions), ne faisant que déplacer le problème. L'autre danger qui avance à bas bruit, ce sont les artisans qui, installés en banlieue pour la plupart, sont de plus en plus nombreux à refuser de venir s'établir dans certains quartiers de la capitale. Entre les trajets à rallonge, les places de stationnement réduites comme peau de chagrin et les amendes en prime, le chiffre d'affaires ne compense plus le stress et les frais engagés pour venir et repartir. Le résultat à terme : des devis spécifiques pour les interventions chez les clients parisiens qui n'auront d'autre choix que de payer une sorte de « surprime » sur la facture finale.

Certes, plusieurs générations ont traité le problème environnemental avec mépris ou, au mieux, dans l'indifférence ou l'inconscience. Mais vouloir tout, tout de suite, renvoie à une politique de gribouille, risquant d'emmener tout le monde dans le mur, y compris celles et ceux qui croient sincèrement à la nécessité de faire des efforts.

C'est dans la France des années soixante-dix, forte des Trente Glorieuses et d'une ruralité performante, que la politique gaullo-pompidolienne impose l'autosuffisance alimentaire et pousse les feux afin d'exporter les produits agroalimentaires français dans le monde entier. À la manœuvre, la puissante FNSEA qui règne sans partage à l'époque sur l'agriculture française. C'est le début d'une ascension qui connaîtra son apogée dans les années quatre-vingt-dix, avant de céder du terrain, mondialisation oblige. En attendant, tout le monde est sur un nuage et les progrès fulgurants de l'industrie chimique permettent des rendements et une productivité jamais atteints auparavant. Une fois encore, ce sont les États-Unis qui imposent leur système, sur le modèle alimentaire de ce qu'on appelle aujourd'hui la « malbouffe ». Tout comme les Trente Glorieuses, cette période reste une exception qu'on croyait être la norme ad vitam æternam. Grave erreur que soulignait déjà, il y a presque quinze ans, Gérard Thomas dans le rapport annuel L'agriculture, nouveaux défis, publié en 2007 : *« Cet essoufflement des performances du commerce extérieur agroalimentaire, particulièrement net depuis la fin de la décennie 1990, reflète une détérioration plus ancienne de la part de marché globale de la France. Après avoir atteint 10 % du commerce international de produits agroalimentaires entre 1985 et 1993, la France retrouve en 2004 son niveau de 1970, soit 7 %*[49]. » Si cette politique agricole productiviste avait du sens à l'époque, permettant aux Français de se nourrir et à l'ensemble du pays de s'élever économiquement, elle est peut-être moins pertinente aujourd'hui.

Une prise de conscience se fait jour, à force de voir des icebergs s'effondrer, les petits corps desséchés des enfants du Sahel, réaliser que l'on entend de moins en moins le chant des oiseaux dans nos campagnes... sans compter les champs, des vignobles ou une arboriculture dévastée par les pluies diluviennes qui surgissent brutalement, et aussi la sécheresse qui oblige à acheter du fourrage.

Phénomène assez classique, plus un nombre croissant de citoyens – donc d'électeurs – adhérait à leurs convictions, plus les écologistes se raidissaient. Se considérant comme les gardiens du nouveau temple, leurs revendications se faisaient de plus en plus exigeantes, impatientes et multiples. Voici quelques exemples de contentieux, hélas pérennes, entre écologistes politiques et une grande part de la population agricole.

49. L'agriculture, nouveaux défis, INSEE, Gérard Thomas, 2007

Les pesticides, une guerre sans fin

On reste pantois devant l'ampleur des produits en « cide ». Des « algicides » pour détruire les algues au « rodenticide » chargé d'éliminer les rongeurs, en passant par les « molluscicides » contre ces pauvres limaces ou bien encore les « corvicides », chargés de détruire les corbeaux, il y en a pour tous les goûts ! « Lorsque le sage montre la lune, l'imbécile regarde le doigt », dit le proverbe chinois bien connu. La polémique récente sur les néonicotinoïdes, évoquée dans le chapitre 3, est de cette nature. On focalise sur un sujet, oubliant les autres intrants qui détruisent peu à peu notre planète aussi sûrement. Avec un effet bien plus pervers puisqu'ils contribuent également à la disparition d'une grande part de la faune. Quand l'animal n'est pas directement visé par un de ces poisons, il meurt, face au manque de proies dont il a besoin pour se nourrir. L'exemple est devenu cliché d'évoquer les oiseaux qui trouvent de moins en moins de rongeurs ou d'insectes pour leur subsistance. Certes, l'agriculture a sa part de responsabilité – les abeilles paient un lourd tribut – et il n'est pas question de l'en exonérer. Mais elle se trouve face à une concurrence mondiale qui n'a pas toujours nos états d'âme. Les agriculteurs américains par exemple (au-delà des immenses surfaces de culture qui leur permettent d'importantes économies d'échelle) ne se privent pas de recourir aux épandages aériens dont une part va largement polluer les sols environnants. Sans parler des éleveurs de bovins argentins, des producteurs chinois ou indiens dont on peut légitimement douter de la qualité de leurs produits, tant leurs normes sont éloignées des nôtres.

Alors, soit on attache une main dans le dos de nos fermiers face à leurs concurrents, par pur dogmatisme, et la France deviendra à terme un joli jardin qui ne vendra que des produits issus de petites exploitations bio ou raisonnées, destinés à une clientèle aisée.

Soit on permet des dérogations limitées dans le temps, afin de trouver une alternative crédible et rester dans la compétition pour apporter au pays quelques milliards d'euros chaque année, loin d'être superflus en ces temps où la pandémie a bouleversé la donne.

Aujourd'hui les paysans font plus dans l'hôtellerie pour touristes que pratiquer leur véritable métier ; triste perspective, les moins fortunés doivent se tourner vers les produits bien moins chers, venus d'ailleurs, augmentant de fait une nouvelle fracture sociétale.

La guerre des bassines

Ce pourrait être le titre d'un téléfilm mi-comique, mi-romantique, où tout le monde se retrouve autour du banquet final pour le mariage des deux héros, opposés l'un à l'autre au départ. Hélas, la réalité est bien plus prosaïque.

Face au dérèglement climatique qui empêche toute régularité permettant d'irriguer correctement les terres du sud de la France, le réflexe premier est de chercher à stocker l'eau quand elle arrive. D'où la création de ces fameuses « bassines », sortes de baignoires géantes capables de recueillir la pluie et d'irriguer les champs alentour en cas de sécheresse. Ne serait-ce que pour éviter d'acheter du fourrage à l'étranger. La plus tristement célèbre de ces retenues étant celle de Siven, évoquée plus haut. Retenue pour les uns, barrage pour les autres avec son million-trois-cent-mille mètres cubes, chacun défendant l'idée qu'il s'en fait, avec un dossier « courageusement » au point mort en cette mi-2021, même si les pouvoirs publics annoncent enfin reprendre les discussions. La plupart bénéficient d'un contenant plus modeste et reçoivent des aides d'État, mais le système provoque autant de polémiques qu'il existe de projets sur le territoire. Dès lors, les positions se tendent au point que les passages en force se multiplient de la part d'agriculteurs qui se considèrent au pied du mur. L'illustration la plus emblématique étant celle de Caussade, dans le Lot-et-Garonne, où des responsables de la Chambre d'agriculture, membre de la Coordination rurale (classée à droite, voire plus selon certains), sont passés en force pour créer en trois mois un bassin de 930 000 mètres cubes puisés sur la rivière Caussade, baptisant du même nom le « lac » ainsi créé. Jugés au tribunal d'Agen, les deux leaders de cette révolte ont écopé de neuf et huit mois de prison ferme et ont fait appel. Même s'il ne partage pas leurs actions illégales, un agriculteur d'une commune voisine, déclare à France Télévisions comprendre leurs actes, qui correspondent selon lui à un vrai besoin de la région : « Avec le lac, on revit. Il a sécurisé notre production. On sait qu'on va s'en sortir, qu'on va pouvoir payer nos factures et nos salaires. »

De l'autre côté, interrogé par le site écologiste *Reporterre*, le scientifique Christian Amblard pointe le court-termisme de cette solution, compte tenu de l'urgence climatique : « Faire un barrage pour "stocker le surplus en hiver" signifie empêcher l'eau de s'infiltrer dans les sols. Or, sous la terre, cette ressource humidifie efficacement la totalité des sols ! À l'inverse, en la faisant remonter en surface et en la gardant dans une retenue, on perd une grande quantité de l'eau par évaporation, notamment lors des fortes chaleurs[50]. » Les deux points de vue défendent deux urgences qui n'ont pas le même terme. À chacun de faire sa religion. Sans agriculteur, pas de nourriture. Sans un climat apaisé, l'enfer nous attend.

La chasse

Là encore, les thèses s'affrontent entre écologistes et chasseurs, dont une grande part appartient aussi au monde des agriculteurs. Une fois de plus, chaque camp rivalise d'arguments techniques pour faire prévaloir son point de vue. Aux chasseurs qui revendiquent être les seuls véritables écologistes, capables de réguler les espèces trop importantes, voire invasives selon eux, comme les sangliers, les renards et les cerfs. Les Verts dénoncent quant à eux des chasses indignes et d'un autre âge, comme la chasse à courre, les piégeages des oiseaux à la glu (pratique enfin inter-

50. Interview réalisée par Lorène Lavocat pour le site écologiste Reporterre. Le naturaliste Christian Amblard est directeur honoraire de recherche au CNRS et vice-président du Greffe (Groupe scientifique de réflexion et d'information pour un développement durable).

dite en juin 2021) ou la chasse des oiseaux migrateurs protégés comme les palombes et les ortolans. Précisant par ailleurs que, pour nombre d'espèces non protégées (sangliers et faisans, par exemple), beaucoup proviennent d'élevages qui n'ont rien à voir avec la faune sauvage.

En somme, on « fabriquerait » du gibier pour satisfaire le plaisir des chasseurs, loin de la régulation invoquée. De leur côté, ces derniers rappellent que le droit de chasse, réservé pendant des siècles aux seuls aristocrates, a été obtenu de haute lutte pendant la Révolution française de 1789. Le leur enlever serait faire fi d'une part essentielle de leur histoire... Un moyen terme serait possible en interdisant les pratiques les plus barbares évoquées plus haut et en responsabilisant les chasseurs. Et pourquoi ne pas essayer de leur donner la main, un temps, sur une régulation sincère qui pourrait, à terme, être modélisée ?

La guerre des mondes

Chez nous, le Gaulois n'est jamais loin. Et les agriculteurs ne font pas exception à la règle (comme chez les Verts aux controverses comico-tragiques parfois). La FNSEA et son prolongement des Jeunes Agriculteurs (ex-CNJA) ont vu s'installer des concurrents de part et d'autre du spectre. Le plus vieux, le MODEF (Mouvement de Défense des Exploitations Familiales, créé en 1959 et proche du Parti Communiste), pesait moins de 2 % aux dernières élections des Chambres d'agriculture. Toujours considérée comme étant à gauche, la Confédération paysanne, quant à elle, réunissait 20 % des voix. Enfin, de l'autre côté de cet échiquier agricole, la Coordination rurale, avec près de 22 % des voix, complète le panel.

À travers ces chiffres, se dessinent les deux lignes de force qui vont sans doute rythmer et modeler le paysage de l'agriculture française dans les prochaines années : un quart de la production sera réservé aux plus aisés, qui ne feront pas un drame de payer un ou deux euros de plus au kilo dès lors que la santé et la qualité des produits (bio ou raisonnés) sont au rendez-vous. Et les trois quarts restants qui devront faire attention aux étiquettes.

Pour clore ce triste constat, un petit flash-back qui sonne comme un regret. C'est avec l'affaire du Larzac évoquée plus tôt que s'est installé le grand malentendu à l'origine du blocage actuel : des écologistes et des agriculteurs brouillés et irréconciliables. Nous sommes en 1971 et Michel Debré, alors ministre de l'Intérieur, annonce que sera installé sur le plateau du Larzac, en plein cœur de l'Aveyron, un nouveau champ de manœuvres militaires, sur quatorze-mille hectares. Quelques mois plus tard, le 28 mars 1972, 103 des 107 paysans installés sur le plateau signent un pacte afin de refuser de quitter leur ferme et vendre leurs terres à l'État. Commence alors une bataille acharnée de part et d'autre. À leur grande surprise, les 103 vont voir affluer des dizaines de milliers de militants post-soixante-huitards, écologistes, babas cool, hippies et autres, qui créent ainsi la première Zone À Défendre (ZAD) française. Avec pour principal animateur le jeune José Bové, qui entame alors une double carrière de paysan et d'écologiste-activiste dans ce même Aveyron. À sa suite, une part des militants qui ont participé à la lutte s'installeront définitivement. Comme le feront leurs successeurs sur le site de Notre-Dame-des-Landes quelques décennies plus tard. Puis, passée l'euphorie de sainte alliance et de la victoire, la plupart des autres sont repartis cultiver leurs terres, ou encore trouver de nouveaux combats. D'un côté comme de l'autre, personne n'a su – ou pu – continuer à marcher ensemble malgré les différences. Les alliés d'hier sont devenus, pour une grande part, des adversaires. Au point que, dans l'esprit de beaucoup, les défenseurs de l'écologie se trouvent dans les villes, même dans les centres-villes pour les plus grandes métropoles, et leurs ennemis, dans les campagnes. Bref, on marche sur la tête. Peut-être n'était-ce pas le bon moment. Mais comment ne pas regretter cette fenêtre magique qui s'était ouverte quand il était encore temps ?

Ce qui aurait pu être le début d'un compagnonnage fructueux pour défendre notre environnement bien plus tôt, bien plus fort, bien plus efficacement, a viré à un immense gâchis.

9.
Alter agriculture et chemins de traverse en tous genres

Saviez-vous que, désormais, on n'archive plus seulement des documents dans des armoires de classement, mais aussi des... salades et nombre d'autres végétaux !

Smart farming system est une toute jeune start-up qui, avec l'aide d'une société hollandaise spécialisée dans les armoires de classement, a détourné le concept pour fabriquer des « armoires agricoles » à destination des créateurs de fermes urbaines. Il suffit de cinq mètres carrés pour en installer une chez soi. Voire en faire une activité professionnelle à part entière en multipliant ces armoires.

Smart Farming System est née en 2018 du talent de trois jeunes trentenaires. Thomas Dalbarade (architecte), Thomas Janssoone (docteur en intelligence artificielle) et Cyril Véran (designer produit, université d'Harvard) sont partis d'un constat : dans quelques décennies, la planète devrait compter au moins trois milliards d'habitants supplémentaires qu'il faudra bien nourrir. Or, à ce moment-là, comme on l'a déjà évoqué, 80 % des humains vivront dans les villes. Se nourrir sainement ne sera plus alors un simple fantasme de bobos en mal de verdure mais constituera une réelle urgence alimentaire. Les trois fondateurs ont donc conçu ce système de ferme verticale clé en main. Thomas Janssoone a par ailleurs mis au point un algorithme qui gère tous les paramètres afin d'optimiser la croissance des plantes. Il permet ainsi de gérer le climat idéal selon la nature des plantes, tout en économisant jusqu'à 97 % de l'eau nécessaire à leur croissance. Une croissance qui peut être ralentie ou accélérée en fonction des besoins du marché, tout en conservant les qualités gustatives et nutritives d'aliments sans ajout d'aucune sorte, donc réellement biologiques. Il sera presque possible de proposer de la livraison sur mesure, selon les besoins en temps réel du commerçant puisque le « champ » du producteur se trouvera à moins d'une heure, ou encore de « cueillir » sa laitue et ses tomates directement à la cave pour composer sa salade du jour.

Et qui d'autre pouvait mieux les comprendre que les créateurs de La Caverne, ce parking désaffecté de 3 500 mètres carrés installé dans le 18e arrondissement de Paris, dont ils ont fait une champignonnière et un véritable champ d'endives cultivées hors-sol. C'est là que Smart Farming System a été accueillie pour grandir à son rythme ; en attendant d'investir d'autres parkings. Opportunité augmentée par la désaffection des Parisiens pour l'automobile, puisqu'ils sont à peine un tiers à posséder une voiture aujourd'hui. Déjà, la start-up a remporté le concours Sous-sols d'avenir, organisé par Gecina, un géant de l'immobilier, et passé un premier accord avec une grande enseigne de la distribution.

En la matière, sous-sols et toitures sont l'alpha et l'oméga de l'agriculture urbaine. C'est d'ailleurs sur l'un des toits du Parc des expositions de la Porte-de-Versailles que va naître la plus grande ferme urbaine d'Europe. Nature en Ville, la société privée chargée de la mise en œuvre, va recouvrir à terme 14 000 hectares sur le toit de l'un des halls que se partageront une vingtaine de maraîchers. Déjà 4 500 mètres carrés sont cultivés depuis 2020, pour une production prévue d'environ 300 kilos journaliers. Quand le système sera opérationnel, c'est une tonne de fruits et légumes – de saison, s'il vous plaît – qui devrait être vendue chaque jour ! Mais au-delà de satisfaire à une tendance de fond, il faut aussi que le projet ait du sens. D'où la volonté des promoteurs d'en faire aussi un espace pédagogique et partagé, puisqu'une partie de ce toit sera divisée en 135 petits « jardins locatifs » où des jardiniers amateurs pourront cultiver leur passion... et vérifier qu'ils ont bien la main verte.

Comme Smart Farming System et Nature en Ville, jardins partagés, micro-fermes, toits et terrasses cultivés, quelles que soient leur taille et leur situation, les solutions alternatives se multiplient à grande vitesse, et représentent autant de compléments à l'agriculture traditionnelle. Même peu, c'est mieux que rien. Pour s'en convaincre, il suffit de voir croître et se multiplier les blogs et les tutoriels sur le thème du potager à domicile : « Comment avoir toute l'année ses herbes aromatiques préférées ? » ou « Quelles fleurs comestibles peut-on cultiver sur son balcon ? » Tous donnent les conseils nécessaires à la mise en place d'une permaculture à domicile, en fonction de l'espace disponible et adapté, de son orientation par rapport au soleil ou de son exposition au vent, par exemple.

C'est autour des années 1980 qu'apparaissent les premières velléités face au développement d'une agriculture différente. Sous l'impulsion de la Confédération paysanne, apparaît peu à peu un corpus idéologique. Même si, habitude très française que j'évoquais plus haut, toutes les initiatives sont parties en ordre dispersé, quelques grands principes ont fini par rassembler l'adhésion du plus grand nombre : qualité des produits, préservation de l'environnement, création d'un lien avec les consommateurs, participation à la dynamique de son territoire, entre autres.

Ce qui devient au fur et à mesure un fleuve puissant, générant une myriade de rivières qui sont autant de solutions en fonction du territoire et du sol que l'on cherche à cultiver.

C'est ainsi que naît le concept de « permaculture », contraction des termes « permanent » et « agriculture ». Un mot issu de « permafrost », inventé par les scientifiques pour évoquer les terres gelées du Grand Nord (permanent frost) et qui, aujourd'hui, se décline en autant de concepts que l'on souhaite durables.

En premier lieu, il y a le secteur du bio. Si cette forme d'agriculture est née dans les années 1920 et a réellement existé en France dans les années 1950, ce n'est qu'au cours de la dernière décennie qu'elle a réellement pris son essor. Depuis lors, sa progression reste constante puisque les derniers chiffres disponibles, ceux de 2019, montrent une augmentation de 13 % et un chiffre d'affaires frôlant les douze milliards d'euros. Certes, la part de marché du bio reste encore très minoritaire sur l'ensemble de la production alimentaire, mais sa progression ne se dément pas. Grâce aussi aux grandes enseignes qui représentent actuellement près de 55 % d'un marché en hausse constante. Avec un double effet : offrir plus de visibilité à ce secteur bio en l'apportant à une clientèle qui n'est pas nécessairement bobo ou de centre-ville aisée, mais aussi, hélas, en négociant les prix comme ils en ont l'habitude, c'est-à-dire en serrant au maximum.

Il y a aussi sa variante : la biodynamie, que le site écologiste Demeter France[51] définit ainsi : « C'est une agriculture holistique qui pose un nouveau regard sur la Nature : elle considère la ferme et plus généralement la Terre comme un organisme vivant. Elle favorise le développement de fermes plus autonomes et diversifiées. Elle prend également en compte, dans la mesure du possible, les cycles qui rythment la vie de la Terre (cycles solaires et lunaires par exemple) pour optimiser les travaux agricoles et la qualité des produits (conservation notamment). La biodynamie s'appuie sur toute l'intelligence de la Nature pour accompagner les plantes et des animaux vers un développement harmonieux. » Utopique, alors que notre planète part en vrille ? Peut-être. Mais, comme dit l'adage : « Il n'est pas nécessaire d'espérer pour entreprendre. »

Une tendance – et sans doute un besoin de retour au naturel – corroborée par le dernier baromètre de l'Agence Bio[52]. Selon les dernières données, 11 % des Français déclaraient « vouloir augmenter leur consommation de produits bio » et 80 % désiraient

51. Demeter France fait partie du réseau Demeter International dont le siège se trouve en Allemagne. L'organisme certifie les fermes et les entreprises françaises selon les cahiers des charges de ce réseau dont toutes les filiales sont aussi contrôlées.

52. 18e baromètre de consommation et perception des produits biologiques, réalisé par Spirit Insight pour l'Agence Bio, mars 2021. Créée en 2001, l'Agence française pour le développement et la promotion de l'agriculture biologique est un organisme public qui suit l'évolution du secteur de l'agriculture biologique en France et agit avec les concours de plusieurs partenaires : les ministères de l'Agriculture et de la Transition écologique, et l'Assemblée permanente des Chambres d'agriculture, entre autres.

au minimum « maintenir leur consommation future de produits issus de l'agriculture biologique ». Comme le soulignent son président, Philippe Henry, et sa directrice, Laure Verdeau, ce baromètre fait ressortir deux tendances importantes : « L'appétence pour le "manger sain", en plein essor depuis 2019 et qui semble s'installer durablement dans les préoccupations alimentaires des Français. » L'autre tendance qui s'affirme est : « L'émergence d'un nouveau consommateur plus "locavore", découvrant de nouveaux points de vente physiques ou en ligne pour ses courses, privilégiant les circuits courts, à l'image des Associations pour le maintien d'une agriculture de proximité » (AMAP), des magasins de producteurs et des exploitations agricoles elles-mêmes. »

C'est cette autre forme de consommation qui privilégie l'alter agriculture, celle qui permet un acte plus concerné, plus « militant », dans le bon sens du terme. Et, accompagnant ce mouvement, mille fleurs se sont levées. Les initiatives sociales et solidaires germent de toutes parts, proposant des produits d'agriculture « de proximité », comme La Ruche Qui Dit Oui !, La Louve, Au Bout du Champ, ou des plus petites structures comme Peligourmet, qui propose des produits régionaux et sans impact carbone, livrés deux fois par semaine dans des points relais. Avec un credo commun à la plupart : ne fournir que des produits fraîchement récoltés (parfois moins de douze heures avant livraison).

Chaque jour, un projet alternatif naît quelque part. Comme le tout récent Bouge Ton Coq initié par deux frères, Emmanuel et Christophe Brochot, originaires de Ravel, petit village en Auvergne dont la famille possédait le château éponyme. Avec le soutien de l'Association des maires ruraux de France, ces anciens propriétaires d'une agence de communication à Paris ont créé une plateforme de dons pour financer l'intérêt général en zone rurale. L'idée est de réinstaller des épiceries dans des petits villages où les commerçants ont disparu, ce qui obligeait les habitants alentour à parcourir vingt-cinq kilomètres en moyenne pour faire leurs courses. L'originalité de leur principe est d'avoir un minimum de financement et de s'appuyer sur le bénévolat local pour faire fonctionner la boutique au quotidien. Supprimant une bonne part du coût salarial et nombre d'intermédiaires, réussissant ainsi à faire baisser les prix d'environ 30 %. Déjà, ils ont pu sauver quelque deux-cents épiceries qui allaient couler, victimes de la pandémie et du confinement. À terme, l'ambition de Bouge ton Coq est de réinstaller des épiceries par centaines, voire par milliers, sachant que vingt-mille villages sont maintenant déserts de tout commerce. Bien sûr, ce concept de proposer à des bénévoles de consacrer du temps en échange de produits gratuits ou avec une forte réduction existait déjà, mais la valeur ajoutée des frères Brochot est d'avoir simplifié et modélisé ce principe, permettant à tout village qui en a la volonté et le désir de se l'approprier. Sachant que chacun peut s'adosser à la plateforme à chaque instant. Ce genre d'initiative constitue une aubaine pour réduire la fracture territoriale ! Un vrai commencement.

Signe des temps, on apprenait fin mars 2021 que le puissant groupe Nestlé avait choisi la France comme pays pilote pour tester son concept « d'agriculture régénératrice[53] », « dans le cadre de sa politique de transition agroécologique et de lutte contre le changement climatique », précise Thierry Michel, journaliste à *La Dépêche du Midi*[54]. Le géant suisse de l'agroalimentaire justifie son choix de la France, « terre agricole par excellence », en raison de « son savoir-faire et de son excellence en matière agricole ». À travers des fermes pilotes, plusieurs centaines d'agriculteurs devraient être partie prenante et traiter quelque 400 000 tonnes chaque année selon les critères de l'agriculture régénératrice.

D'une ferme à l'autre, à l'instar du réseau Les Fermes de Gally présenté plus haut, se multiplient également sur tout le territoire des « fermes pédagogiques », individuelles ou en réseau, pour sensibiliser les enfants aux grands enjeux environnementaux et au bien-être animal. Montrer aussi que le travail de la terre est

53. Inspirée par les travaux du microbiologiste et agriculteur japonais Masanobu Fukuoka, l'agriculture régénératrice a pour concept de base l'augmentation de la biodiversité, la séquestration du carbone atmosphérique dans le sol, une meilleure résistance face au changement climatique, l'optimisation du cycle de l'eau ou encore l'amélioration des services écosystémiques rendus par l'agriculture.

54. Article publié dans le quotidien régional *La Dépêche du Midi*, le 30 mars 2021.

multiple et qu'il tient autant de l'exploitation que du commerce en vente directe ou encore de l'agrotourisme avec les chambres d'hôtes.

En marge de ses effets mortifères, la pandémie a au moins obligé ceux qui ne pensaient vacances qu'à l'autre bout du monde, ou toujours aux mêmes endroits, à (re)découvrir leur propre pays. À partir de cette « contrainte », ont alors été nombreux celles et ceux qui ont pris conscience que le bonheur se trouvait souvent dans le pré d'à côté. Aujourd'hui donc, le paysan est multiple, et c'est peut-être dans cette polyvalence et dans cette montée en gamme qu'il peut tenir sa revanche sur l'Histoire, et remonter la pente après un long déclin depuis l'après-guerre. Et aussi avoir la possibilité de rester le « jardinier de la France » en continuant, par son ouvrage, à préserver tous ces jolis paysages sans lesquels nous perdrions une partie de notre âme.

Ce foisonnement d'initiatives agricoles pose toutefois un problème pour le consommateur : comment s'y retrouver ? Comment savoir si ce que j'achète correspond à mes attentes ? Comment repérer le vrai du faux en somme. Dans ce contexte, quelques labels tirent, pour l'heure, leur épingle du jeu.

Le plus connu est sans conteste le label AB, pour « agriculture biologique », dont les critères sont précis et n'autorisent aucune dérogation. Sans pesticide ou traitement chimique après la récolte, avec une simple tolérance de 0,9 % en cas d'accident contaminant. Animaux élevés en plein air, avec un espace minimal et sans aucune souffrance. Antibiotiques limités. Interdiction totale d'user de colorants chimiques ou d'additifs de synthèse pour les aliments transformés. Voilà pour les principaux critères. Néanmoins, ces indications comportent deux petites failles : les normes européennes en la matière sont moins exigeantes (privilégiez donc les double AB !) et le bio n'empêche pas une certaine forme d'agriculture intensive dans certains pays, peut-être au détriment de la partie saveur.

Autre label bio : Nature & Progrès. Alimentation bio et cheptel limité dans des prés et un abattage tardif. La ferme doit se trouver à plus de cinq-cents mètres d'une route et pratiquer le compostage intensif. Autant de demandes que l'on pourrait aisément qualifier d'intransigeantes, mais qui vont satisfaire et rassurer sans doute la partie la plus extrême des « bio-militants ».

Le Label Rouge a aussi la faveur du public. Sa philosophie étant de vouloir concilier les critères du bio avec l'agriculture traditionnelle. Grâce à des contrôles nombreux et à une surveillance sévère, des cahiers des charges nationaux bien précis auxquels on ne peut pas déroger – et quand bien même ce label desserre un peu l'étau –, il impose une partie des mêmes critères que le bio, à savoir élevage en plein air, bien-être animal, traitements limités... La ligne de crête qui cherche à réconcilier les deux formes d'agriculture n'est pas toujours évidente à tenir. Les détracteurs de ce label, les purs et durs du manger sain, estiment qu'il n'est pas sans ambiguïté. Dans toutes les fractures idéologiques, les premières victimes sont toujours celles qui prêchent la modération et l'altérité. « Choisis ton camp, camarade ! » Reste que le consommateur n'est pas dupe entre une exigence raisonnée et un jusqu'au-boutisme irréaliste.

Les appellations AOC, AOP et IGP correspondent plutôt, quant à elle, à des indicateurs permettant d'éviter que les produits du terroir, qui font la fierté d'un pays, ne soient pillés par d'autres territoires sans aucune légitimité à les fabriquer et, a fortiori, les vendre sous une appellation qu'ils auraient volée. Si elles protègent contre les voyous, certaines de ces appellations ont des critères beaucoup plus souples que le label AB ou le Label Rouge et ne garantissent en rien la qualité du produit. Il suffit qu'une des étapes de production ait lieu sur le territoire dont il se revendique, en suivant les méthodes traditionnelles, pour que l'une de ces appellations puisse apparaître sur l'étiquette.

Enfin, plus anecdotique, le label Montagne impose que les produits soient fabriqués à plus de 700 mètres d'altitude. Incluant les critères Label Rouge dans des fermes de petite taille et ne proposant que de la vente directe ou locale. En espérant que les contrôles soient tout aussi drastiques, à condition que les moyens soient mis en œuvre pour les développer.

Pour clore ce chapitre, un autre effet inattendu de cette alter agriculture : les rapprochements heureux induits par toutes ces initiatives. Comme le souligne Ronan Le Velly dans la *Revue Tiers Monde*[55] : « Le commerce équitable, qui avait été initialement pensé comme un outil de développement des producteurs des pays du Sud, est aujourd'hui également envisagé comme un levier pour lutter contre la précarité des agriculteurs des régions du Nord (Chiffoleau, Prévost, 2008). Généralement, les promoteurs d'un "commerce équitable local", "commerce équitable de proximité" "commerce équitable Nord-Nord" associent alors à ces termes des formes de circuits courts alimentaires, comme les magasins de producteurs, les marchés fermiers ou les Amap, qui à leurs yeux permettent d'établir, entre producteurs et consommateurs d'une même région, des relations semblables à celles qui existent dans le commerce équitable. »

Ce bouillonnement d'initiatives, et peu importe qu'elles rencontrent plus ou moins de succès, enseigne deux choses à mon sens.

Tout d'abord, elles indiquent un début de prise de conscience des souffrances que notre planète endure et n'en finit pas de nous souffler. La Terre crie sa colère devant notre aveuglement. Les temps sont partout à l'orage et, plus étonnant, aux tornades. On l'a encore vu en cette fin décembre 2021 aux États-Unis où une trentaine de tornades sont arrivées simultanément sur plusieurs États du Middle West, faisant plusieurs centaines de morts en

55. Ronan Le Velly est agrégé d'économie-gestion et docteur en sociologie. Il est maître de conférences à Montpellier SupAgro et membre de l'URM Innovation. Il travaille sur le commerce équitable, les circuits courts alimentaires et la commande publique durable. Revue Tiers Monde, autrement nommée Revue internationale des études du développement est produite et éditée par l'Institut d'études du développement de l'université Paris I Sorbonne.

quelques minutes. Des phénomènes qui, par absence de vent en altitude, peuvent rester stationnaires un bon moment au-dessus d'un territoire, noyant littéralement villes et villages sous des trombes d'eau. Chez nous aussi, des tornades de plus en plus violentes et puissantes s'invitent maintenant de manière régulière quand il n'y en avait autrefois que rarement. Une sécheresse qui s'installe tout aussi spontanément, impactant durement les agriculteurs et les éleveurs qui continuent de frôler la ruine, ou ravageant par le feu des forêts entières. Et aujourd'hui, l'apparition de « dômes de chaleur » avec des températures qui, comme au Canada, peuvent monter jusqu'à cinquante degrés dans un pays où la neige et le froid étaient rois !

Ensuite, parce qu'en l'absence d'une politique publique volontariste, les deux plus jeunes générations se détournent de cette forme d'engagement ; les sociologues et les politologues n'ont cessé de le dire après le fiasco des élections régionales et départementales en ce début d'été 2021. Mais, dans un pays où l'administration est pléthorique et toute-puissante, rien ne peut se faire sans elle, condamnant chaque porteur de projet à rester dans son coin, paralysant toute initiative, dans un pouvoir de nuisance mutuel. Un autre beau gâchis.

Même si les faits sont têtus et ne prédisposent pas à l'optimisme débridé, demeurent néanmoins des raisons d'espérer sur lesquelles je souhaite finir ce livre. Si le génie humain s'évertue à attendre le dernier moment, il sait souvent éviter le mur. À ce titre, deux événements survenus lors de l'année 2021 semblent symboliques.

Le premier a eu lieu au printemps dernier. À l'occasion de la « Journée de la Terre » qui a eu lieu en avril, le Forum Économique Mondial (qui organise les célèbres rencontres de Davos, en Suisse) a publié son rapport annuel ETI (indice de transition énergétique). Le premier constat est que, preuve de leur volonté réelle, six pays appartenant à l'Union européenne sont dans le Top 10 de ceux qui font le plus d'efforts. Dont la Suède sur la première marche du podium, la France étant neuvième. Mise à part la Nouvelle Zélande (huitième), toutes les nations de ce classement sont aussi européennes puisque l'on trouve la Suisse (quatrième) et la Grande-Bretagne (septième). À l'inverse, USA, Italie et Japon ont encore à produire des efforts conséquents, même si le retour des USA est aussi une bonne nouvelle. Sans surprise, La Chine (68e) et l'Inde (87e), qui représentent à elles deux le tiers de la demande mondiale en énergie, ont encore un long chemin à parcourir.

Ce qui fait dire à Théodore Laurent, du magazine Forbes[56] : « Les résultats du rapport 2021 montrent que 92 des 115 pays couverts par cette étude ont augmenté leur score global au cours des dix dernières années, confirmant ainsi l'orientation positive et la dynamique constante de la transition énergétique mondiale. Cependant, les progrès ne vont pas assez vite dans une grande majorité des pays. Seuls 13 pays avancent à un rythme satisfaisant pour se décarboner ».

L'autre événement cette année-là, début novembre, c'est bien sûr la COP 26 à Glasgow avec un nouvel acteur de poids, avec une puissance de feu à nulle autre pareil : le monde de la Finance. Comme le souligne le journaliste Florent Vairet, des Échos, chiffres à l'appui[57] : « Les chiffres annoncés sont vertigineux. La Glasgow Financial Alliance for Net Zero, l'initiative pour le financement de la transition énergétique, a annoncé représenter désormais plus de 450 établissements financiers et 130 000 milliards de dollars d'actifs. Des annonces d'autant plus encourageantes que seul le secteur financier est en capacité de déplacer les flux de financement depuis les industries polluantes vers une économie durable. Lancée en avril, cette initiative représentait alors 70 000 milliards de dollars d'actifs. Elle a ainsi quasiment doublé de taille en sept mois ».

---

56. Article signé Théodore Laurent pour le magazine Forbes, 14 avril 2021

57. Article signé Florent Vairet pour le quotidien Les Échos, 5 novembre 2021

Et, dans notre série : les bonnes nouvelles sont pour bientôt, je vous invite à découvrir Frédéric Prochazka, chercheur en ingénierie des matériaux polymères, Marie-Hélène Gramatikoff, ex-industrielle en plasturgie reconvertie dans la création et direction d'entreprise et Fabrice Plasson, fondateur de la biotech Amoeba. À eux trois, ils ont créé la société Lactips, basée à Saint-Jean-Bonnefonds, dans la Loire. À terme, Lactips produira des plastiques fabriqués avec... de la caséine de lait ! Vous avez bien lu. Demain, les emballages pour la lessive, les sacs de blanchisserie, des étiquettes, des rubans de semis ou vos tees de golf, tous seront biodégradables en quelques instants. Si l'on en croit la présentation qu'en fait l'entreprise sur son site internet : « Lactips a développé une alternative écologique aux plastiques hydrosolubles avec une solution offrant une dissolution complète sans résidus, supérieure aux plastiques conventionnels, reconnue pas les labels écologiques ».

Autre exemple, beaucoup de Parisiens ignorent qu'il existe une laiterie dans le 18e arrondissement qui fait ses propres fromages au lait cru, essentiellement des tomes, affinées entre huit semaines et huit mois selon ce qu'on recherche. Au-delà du simple commerce de qualité, la Laiterie de la Chapelle a une fonction induite : permettre aux citadins de renouer avec une forme de poésie. Comme si l'on allait chercher son fromage à la ferme. Une bulle de sérénité apaisante au milieu du bruit et de la fureur d'une ville-monde qui ne cesse de courir. Cette laiterie est plus qu'un lieu, c'est une chance supplémentaire de comprendre où est la valeur des choses.

Enfin, entre un climat qui ravage, un virus qui tue et une intolérance généralisée dont on ne sait pas trop jusqu'où le pire va nous mener, il existe un remède qui peut nous redonner foi en l'humain : « Demain »[58], le film signé Mélanie Laurent et Cyril Dion est un magnifique antidote.

---

58. « Demain » est un film de Cyril Dion et Mélanie Laurent, qui ont parcouru la planète afin de montrer que des solutions existent dans de nombreux domaines pour éviter la catastrophe climatique.

Avec une petite équipe, ce commando de l'espoir a parcouru la planète à la recherche des belles pratiques. Pendant plus de deux heures, c'est une autre planète qui se dessine avec, pour point commun, la volonté de ne pas baisser les bras. La ville de Detroit, aux États-Unis, en est un bel exemple. Capitale mondiale de l'automobile pendant plus d'un siècle, la ville s'est effondrée en quelques décennies, conséquence d'une mondialisation débridée. Ceux qui avaient les moyens – et encore un travail – sont allés dans les banlieues aux maisons propres, avec pelouse bien entretenue et garage fermé. Les laissés pour compte sont restés dans la ville même, « sur le carreau ». En clair, les plus pauvres avec leur cohorte de drogue et d'insécurité. Jusqu'à ce que plusieurs collectifs se décident à utiliser tous ces espaces désertés, véritable décharge publique. Sont alors sortis de terre nombre de fermes urbaines un peu partout dans la ville. Les légumes, les aromates et les fruits ont pris la place des moteurs. Ça ne pollue pas et en plus la population modeste n'a qu'à traverser la rue pour se nourrir correctement.

Parfois, ces initiatives forcent le destin et même le règlement. Comme dans la ville de Todmorden, dans le Yorkshire, où deux femmes ont littéralement investi la ville de petits jardins où chacun peut se servir car tout le monde participe à l'entretien de ces carrés de verdure. Là encore, des aromates aux fleurs en passant par les légumes, il y en a pour tout le monde. Une expérience née de l'indignation de Pam Warhust et sa complice Mary Clear. Elles se désespéraient de voir la montagne à gravir face au climat moribond. Et Pam s'est dit : « Pourquoi ne pas commencer par notre ville ? ». Elles ont proposé à des voisins de venir en discuter dans un café. Elles espéraient cinq ou six personnes, plus d'une soixantaine était au rendez-vous. Alors, peu à peu, toute la population s'y est mise. Et les jardins ont commencé à pousser, sauvages. À la grande perplexité de la mairie qui voyait le phénomène passer outre les procédures administratives. Mais devant le succès grandissant, il se sont dit : « pourquoi pas ? ». Ils ont laissé faire le bon sens.

Chez nous, Cyril Dion et Mélanie Laurent sont allés au Bec Éloin, en Normandie. Là, ils ont vu combien la permaculture pouvait être compétitive et plus productive tout en respectant la nature. Perrine et Charles Hervé-Gruyer étaient persuadés que la permaculture avait un avenir. Sans tomber dans le pathos des néoruraux, ils ont quitté leur job de cadre bien payé pour un jardin XXL. Un écosystème, où les végétaux associés les uns aux autres, permettent « des rendements fous ; jusqu'à dix fois celui d'une agriculture classique », dit Charles.

À ces exemples, Olivier de Schütter, Rapporteur spécial sur le droit à l'alimentation auprès des Nations Unis, atteste : « J'ai voulu répondre à une question très simple : est-ce que l'agroécologie peut nourrir le monde ? Suite à un rapport que j'ai fait en 2011, la réponse est clairement affirmative. 70 à 75 % de ce qui est consommé dans le monde vient des petits agriculteurs. Alors, pourquoi pas le reste ? ». Bienvenue aux « pourquoi pas ? », aussi valables dans notre consommation d'énergie, dans le recyclage de nos déchets, dans les monnaies en circuit fermé afin « d'acheter local » en priorité ! La magie du « pourquoi pas ?» peut s'appliquer à bien d'autres domaines.

Ce film est une pluie vivifiante où chaque gouttelette porte un espoir comme le souligne le commentaire de Cyril Dion et Mélanie Laurent. C'est à elle qui je laisse le dernier mot : « Comme Charles et Perrine, un milliard et demi d'agriculteurs produisent sans pétrole et sans tracteur. L'étude menée par Olivier de Schütter montre qu'en pratiquant l'agroécologie, ils pourraient multiplier leur rendement par deux. En pratiquant la permaculture, ils pourraient multiplier par trois ou quatre. Nous pourrions nourrir dix à douze milliards de personnes dans les vingt années qui viennent. En créant des millions de petites fermes tout autour des villes, des dizaines de millions d'emplois, en régénérant les écosystèmes, en stockant du $CO2$ dans les sols, en permettant aux agriculteurs de gagner plus d'argent et d'avoir une nourriture saine pour leur communauté. Mais alors, pourquoi on ne le fait pas ?! »

10.
Le jour où les arbres ont pleuré

Nairobi, le 25 septembre 2011.

Le gouvernement kényan annonce la mort, à 71 ans, de Wangari Muta Maathai. Cette jeune fille brillante de fermiers pauvres dans le centre du pays a pu, malgré tout – ou plutôt, forte de son intelligence et de sa volonté – faire des études, jusqu'aux universités américaines grâce à des bourses pour lui permettre d'avoir un destin. Militante écologiste convaincue, elle fonde « The Green Belt Movement » (Mouvement de la ceinture verte) pour lutter contre la déforestation et l'érosion des sols dans son pays. Pour son action, elle reçoit le Prix Nobel de la Paix en 2004, attirant ainsi l'attention des peuples sur le danger de voir les érosions et les effondrements de terrains se multiplier. Des ravages du Japon à ceux de l'Allemagne ou de la France, des pays d'Amérique latine ou d'Asie, et les centaines de morts qui ont accompagné à chaque fois ces drames, on se rend compte combien nous avons été aveugles et sourds. Sans rien retenir des avertissements que cette noble femme nous faisait. Certes, comme nous l'évoquions dans le chapitre précédent, il y aura encore trois milliards d'humains à nourrir en plus d'ici à 2050, et le besoin d'une production agricole suffisante. À condition que les arbres ne se vengent pas d'ici-là.

Et ils en auraient des raisons légitimes de le faire. Quand on voit les déforestations de par le monde comme en Indonésie où, pour produire de l'huile de palme, on a détruit 24 millions d'hectares de forêts ; ce pays devenant le quatrième pays le plus émetteur de gaz à effet de serre, selon Greenpeace. Tout cela pour permettre à des industriels de fabriquer, entre autres, ces pâtes à tartiner qui provoquent des surpoids dès l'enfance, voire l'obésité et les maladies qui vont avec. À commencer par le diabète. Un carnage qui se répand maintenant dans de nombreux pays de l'Asie du Sud-Est.

Et que dire du véritable écocide qui se produit au Brésil, sous la bienveillance de dirigeants totalement irresponsables. À moins qu'ils n'y trouvent aussi leur intérêt. D'une sombre journée l'autre, le jeudi 29 avril 2021 est aussi à marquer d'une pierre noire. Une enquête publiée ce jour-là dans la très sérieuse et influente revue « Nature Climate Change » annonçait que la forêt amazonienne avait basculé du côté obscur. Entre 2010 et 2019, la forêt amazonienne qui représente 60 % de la forêt primaire dans le monde et la moitié de la forêt tropicale de la planète – l'autre « poumon vert » d'importance étant la Taïga – a rejeté 18 % de carbone de plus qu'elle n'a pu en absorber : 4,45 milliards de tonnes contre 3,78 milliards d'absorbés. Cela, afin de permettre aux grands élevages de créer des pâtures. L'un des auteurs de cette étude, Jean-Pierre Wigneron expliquait à l'AFP que, si les autres pays alentour compensaient en partie les pertes provoquées par l'Amazonie brésilienne, cela ne durera pas : « *l'ensemble de l'Amazonie n'a pas encore basculé mais elle pourrait le faire bientôt* ». Triste perspective.

Tous ces carnages s'appréhendent à l'aune de la course folle aux terres agricoles et sa cohorte d'effets pervers. Même si, contrairement aux idées reçues, la Chine n'est pas le principal prédateur de terres agricoles, elle en est le symbole car sa puissance et son manque absolu d'empathie vis-à-vis des populations locales font d'elle l'emblème du capitalisme sauvage, comme l'explique dans un article, le journaliste camerounais Henri Fotso, Directeur général de « l'Agence africaine d'information et de communication » et correspondant de la Deutsche Welle, la radio internationale allemande : « *Le président de Shaanxi Farm Agribusiness Corporation, une société agricole provinciale de Chine, a mis pieds au Cameroun pour la première fois en décembre 2015, à l'invitation du Cameroun et sur ordre de Pékin, pour investir dans le domaine agricole. Par ce voyage, l'homme d'affaires d'État chinois venait conclure au bout de six semaines de négociations ce qu'il n'avait pas pu en plusieurs années obtenir de l'Afrique du Sud, de la Russie, de l'Ukraine et du Brésil. Quatre ans plus tard, en 2019, on estime à 125 000 hectares de terres agricoles occupées par la Chine au Cameroun* »[59]. Dans ce même article, le consultant financier Jean-Ferdinand-Pierre Ebong ne décolère pas devant ce qu'il nomme un accaparement des terres du Cameroun : « Ce genre de démarche par les Chinois est dangereuse pour les Camerounais. Ce secteur étant dormant, ceux qui ont les moyens financiers, entre guillemets, s'accaparent les terres. C'est avec désolation que je crie au scandale ! »[60]. Ce n'est qu'un exemple parmi des centaines d'autres de par le monde car c'est une véritable course qui s'est engagée entre les nations.

L'accaparement des terres pour se nourrir, les siens et soi, est consubstantielle à la nature humaine, depuis le fond des âges. L'Athènes de l'âge d'or, sous Périclès, profitait de son influence pour que les autres cités grecques lui livrent les produits dont sa population avait besoin. Les conquêtes romaines, quelques siècles plus tard, permettaient, non seulement de nourrir les Romains et les peuples alentour déjà conquis, mais aussi de distribuer des terres à des légionnaires méritants après des décennies de service militaires. Bien plus tard encore, la découverte de l'Amérique par Christophe Colomb et l'arrivée de nombreux conquérants ont eu comme priorité de faire main basse sur les richesses de toutes natures, dont les terres agricoles qui ont permis de découvrir de nouvelles nourritures, souvent plus saines et plus nutritives. Et tant pis si c'est au prix de véritables génocides. Ce fut ensuite, entre cette soif de fortune et de découvertes, une longue – et souvent – meurtrière cohorte d'invasions et « d'ap-

59. Article signé Henri Fotso pour le site de la Deutsche Welle et publié le 12/08/2019

60. Ibid.

propriations-expulsions » des terres ancestrales qui ont permis aux peuples d'Occident de devenir riches et puissants.

Plus près de nous, des tentatives « invasives » avaient déjà eu lieu à plusieurs reprises et dans différents domaines. Lors d'une conférence de presse du président Pompidou, un journaliste relayait les inquiétudes des viticulteurs bordelais qui s'alarmaient face aux investissements britanniques de plus en plus prégnants. À cette époque bénie d'une croissance qui était au top, cela ne l'inquiéta pas. Il répondit aux journalistes qu'il fallait, au contraire, s'en féliciter : « *Rassurez-vous, ils nous apportent leur argent et ne pourrons jamais rapatrier la terre et ses qualités intrinsèques, l'orientation du vignoble et son ensoleillement, le savoir-faire des vignerons bordelais* ». Une analyse frappée au coin du bon sens à l'époque. Tout le monde en a convenu. Mais, à bas bruit, c'était le commencement d'une mutation qui explose aujourd'hui. Dans un monde où l'économie de marché s'est imposée face aux autres formes d'organisations, c'est la loi de l'offre et de la demande qui prime. Avec la concomitance de la mondialisation et de l'essor des technologies qui ont agi comme un redoutable effet de levier. Pas étonnant dès lors qu'elle provoque des hausses de prix où c'est toujours le mieux-disant financier qui gagne sur son voisin quand ce dernier a besoin de cet argent pour vivre.

Dans ce contexte, les cibles les plus convoitées par les investisseurs de toutes sortes se situent bien sûr dans les pays les moins développés, en Afrique, en Amérique latine et en Asie. Une sorte de course frénétique s'est emparée entre ceux qui avaient l'argent mais pas les terres propices à produire des biens alimentaires ou, quand bien même certaines de leurs régions pouvaient convenir, ils n'avaient pas le savoir-faire nécessaire. Un phénomène qui a commencé au début de ce siècle et s'est accéléré après la crise financière de 2008, quand les prix agricoles sont montés de façon significative. L'Arabie saoudite et les Émirats arabes unis ciblent les pays du Sud-Sahel comme le Mali, la Mauritanie ou le Sénégal. Le Qatar, lui, investit en Australie qui lui a vendu pour 22 millions d'hectares. Le japon a investi à Bornéo et tant pis pour les orangs-outans qui voient leur périmètre se réduire gravement. L'Inde ou la Corée du Sud, c'est à qui va construire en dehors une sorte d'annexe agricole à son pays ; presque une question de survie pour de nombreux gouvernements. Dans la plupart de ces pays devenus plus prospères qu'auparavant, les nourritures traditionnelles dont se contentait la population ne suffisaient plus. Une classe moyenne qui est apparue, grâce à la mondialisation, pouvait maintenant voyager et découvrir de nouveaux aliments, de nouvelles saveurs, devenant alors plus exigeante. Ce qui a fait le bonheur des grands pays agricoles qui ont pu exporter pendant un temps, mais qui représentait un coût non négligeable pour la balance commerciale de certains d'entre eux. C'est ainsi installé le nouveau concept « délocalisation agricole » où, ce qui est produit à un endroit, est exclusivement destiné – ou presque – aux besoins du pays investisseur, à des centaines, voire des milliers de kilomètres de distance. Même des pays avec une population moins importante comme l'Île Maurice (un million deux-cent mille habitants) a investi 20 000 hectares au Mozambique afin de produire des riz hybrides. Terre fertile, le Mozambique est symbolique de la ruée vers les richesses de ce pays. Outre l'Île Maurice, l'Arabie saoudite, l'Afrique du Sud, la Grande-Bretagne, la France et bien d'autres sont parmi les plus importants investisseurs. Le point toutefois détestable est que cela se fait au détriment de la population locale qui se voit souvent déposséder, de gré ou de force, des terres qu'elle possédait depuis des générations sans aucun respect pour elle. Les pays acheteurs arrivent souvent tout sourire et tout miel en affirmant haut et fort que ce sera du « gagnant-gagnant ». Or, très vite, la production est confisquée au seul profit du pays acheteur qui l'exporte chez lui. C'est particulièrement patent en Afrique où les actes de propriété dûment enregistrés sont rares car c'est le droit coutumier qui prime. Dans un monde devenu hyper matérialiste, que vaut la parole donnée ? Il y a pire encore.

Si la plupart de ces nations ont pour excuse de vouloir nourrir leur peuple, une autre forme de prédation s'est faite jour depuis une décennie : les fonds d'investissements. Terres agricoles, terres minières, bio ou agro-carburants, rien n'échappe à leur voracité avec, pour seul credo, l'argent. Certes, dans cette cohorte, il n'y pas que des monstres mais, même les mieux intentionnés dépendent de leurs actionnaires qui exigent souvent des retours sur investissements réguliers, voire des taux de rendement élevés. Souvent, ces entreprises avancent masquées derrière leur pays qui, une fois les accords conclus, se retirent et confient l'opérationnel à ceux qui savent faire fructifier les terres ainsi conquises. Faisant fi du bien-être local puisque, à rebours des États, ils n'ont fait aucune promesse. Qui se souvient encore que des grandes multinationales US ont fait leur fortune, dans les années soixante et soixante-dix, en exploitant à outrance les bananeraies des Caraïbes et de l'Amérique latine par exemple ? Avec la complicité de leur dirigeants politiques qui mettaient alors à disposition de ces entreprises les savoir-faire de leurs services secrets, CIA en tête, pour étouffer toutes velléités de protestations de la population locale, aussi surexploitée que la terre de leurs ancêtres.

Un principe désormais généralisé parmi les grandes nations. Des conglomérats spécialisés dans le négoce de céréales ont ouvert la voie, comme ce groupe français qui a beaucoup investi au Brésil, devenant propriétaire, en 2012, de 400 000 hectares de terres afin de les destiner à la culture du soja ou de la canne à sucre. Et là encore, tant pis pour les arbres. Mais il est loin d'être le seul. Plusieurs autres groupes français ont choisi leurs terres de conquêtes pour ne pas être en reste dans cette course au profit dont, comme souvent, les plus doués sont américains.

Période charnière qui a vu tous les pays chercher à investir dans du concret après la crise financière. Ainsi, cette même année 2012, selon la base de données « Matrice foncière » évoquée par l'Observatoire des Multinationales, ce sont, à ce moment-là, quelques 83 millions d'hectares dans des pays en voie de développement qui sont allés dans l'escarcelle des investisseurs, occidentaux pour la plupart. Le dérèglement climatique, un monde instable et des tensions internationales qui se multiplient parfois en micro conflits, sont des facteurs motivants pour investir dans la terre là où il reste des endroits stables ; souvent sous la coupe de gouvernements autoritaires, voire autocratiques et le plus souvent corrompus.

Ne cherchez pas à les connaître car il s'agit souvent d'acronymes et, comme le soulignait le journal Les Échos : « *L'intérêt des investisseurs pour les grands espaces agricoles ne se dément pas. Depuis 2000, ils ont acquis pas moins de 26,7 millions d'hectares de terres arables à travers le monde. Soit presque autant que la surface consacrée en France aux activités agricoles (28 millions d'hectares). Quelques 2 % des sols cultivables sont donc aujourd'hui entre les mains d'entités extérieures au monde agricole.* », constate Land Matrix[61]. De son côté, le 16 décembre 2020, l'agence Novethic[62] dressait ce constat sans appel : « *1 % des plus grosses exploitations gèrent plus de 70 % des terres agricoles mondiales. Cela ne signifie pas que les petites fermes n'existent plus, mais qu'elles occupent moins de surface. Ainsi, sur les 608 millions de propriétés agricoles, 80 % sont de petites exploitations de moins de deux hectares. Une concentration des exploitations qui se vérifie particulièrement en Europe où la taille moyenne des exploitations a doublé depuis les années 1960, passant de 12 à 21 hectares en 2010. Surtout, le nombre d'exploitation de plus de 100 hectares a augmenté régulièrement de 2005 à 2015 et, désormais, moins de 3 % des exploitations représentent plus de la moitié des terres cultivées* ». Et la plupart d'entre eux, propriétaires maintenant de très vastes espaces, de l'Asie centrale à l'Argentine, en passant par les plaines fertiles d'Afrique, ne sont pas là-bas pour faire prospérer un pays ou faire de la qualité. Ils sont juste présents pour faire de l'argent et c'est donc à coups de pesticides et de surexploitation des terres qu'ils peuvent produire beaucoup et à moindre coût. Et tant pis s'ils empoisonnent durablement des régions entières et plusieurs générations de ceux qui achèteront ces produits dans des supermarchés discount. Comme

61. Article signé Muriel Jacque, publié dans Les Échos le 11/10/2016.

62. Fondée en 2001, la société Novethic est une filiale de la Caisse des Dépôts. Elle a pour mission d'informer, de former et susciter l'action des acteurs financiers, des entreprises et des simples citoyens. Cette société déploie ses expertises dans les domaines des médias, de la recherche, de l'audit et de la formation. Cela, afin de permettre aux professionnels de relever les défis de la transformation durable.

les nuages dévastateurs des criquets, quand ils auront pris à cette terre tout ce qu'ils pouvaient lui extorquer, ils iront trouver une autre proie dans une autre contrée pauvre. Ajoutons à ce triste tableau que cette quasi « chasse à la terre » intéresse également certaines banques et compagnies d'assurances qui sont maintenant de la partie pour des raisons essentiellement financières. Aucune solidarité avec les populations locales n'est à l'ordre du jour. Seul compte le dividende des actionnaires.

Bien sûr, tout n'est pas complètement noir. À l'exemple de la viticulture, là encore. Depuis plus d'une vingtaine d'années, nombre de grands vignobles ou d'entreprises françaises spécialisées dans les vins et spiritueux sont allés à l'autre bout du monde racheter ou créer des exploitations viticoles, en apportant non seulement leur argent mais aussi leur savoir-faire à travers leurs meilleurs experts, leur technologie et leur expérience multiséculaire. À cette époque-là, qui pouvait imaginer que les plus grands chefs étoilés mettraient à leur carte des vins des blancs d'Afrique du Sud ou de Nouvelle-Zélande, des prestigieux rouges de Californie ou du Chili ? Sans compter l'immatériel que représentent non seulement les emplois créés mais aussi l'accaparement culturel et quasi philosophique du vin par les populations locales. Bref, tout n'est pas complètement pourri au royaume du business.

La France n'échappe pas à cette tendance. Elle intéresse aussi des envies de terre de France venues d'ailleurs. Et, même si notre système législatif et administratif est très prégnant, certains investisseurs étrangers réussissent à passer entre les mailles du filet, si ténu soit il. À l'exemple du rachat, en 2015 et 2016, par des entreprises et des particulier, tous chinois, de 1 700 hectares où sont cultivés du blé, du colza et de l'orge dans le département de l'Indre. La Safer locale aurait dû avoir un droit de préemption comme le stipule la loi mais dans ce cas précis, une faille existe comme le souligne le journaliste de TV5 Monde, Pascal Herard :

« *Le système est simple : les responsables des entreprises chinoises – ainsi que les particuliers – ont racheté la quasi-totalité des parts de 3 sociétés civiles agricoles (SCA). L'une d'entre elles a même été constituée par un agriculteur fin 2015 pour permettre l'opération* »[63].

Et que dire des dizaines, voire des centaines de vignobles qui passent dans les mains d'investisseurs étrangers ? Souvent chinois, une fois de plus. Un investissement logique depuis que goûter un bon vin fait partie intégrante maintenant de la culture urbaine chinoise. Ne pas laisser un tel marché entre les mains des seuls pays producteurs ou de négoce. C'est aussi une manière d'afficher un statut social. Montrer que l'on est quelqu'un d'important puisque on peut s'offrir des vignobles en France. Et, ainsi, faire partie du pays où se trouvent les aristocrates de la viticulture. Certes, il ne s'agit pas des plus prestigieuses maisons mais le phénomène est maintenant surveillé d'un peu plus près pour éviter que cet « engouement » ne prennent des proportions qui obligeraient à légiférer de manière précipitée et risquer un clash diplomatique avec un géant comme la Chine.

Si ce phénomène est aussi possible chez nous, c'est parce que, le plus souvent, ceux qui vendent n'ont pas d'autre choix. C'est ça ou parfois la ruine et, si personne ne peut racheter ferme, animaux et machines, être obligé d'assister, pour des raisons légales, au démantèlement de son exploitation à travers une vente aux enchères. Pour qui n'a pas vu l'insoutenable spectacle d'un paysan qui voit partir sa vie en lambeaux, on ne peut réaliser la violence et l'injustice que cela représente. Alors, l'investisseur chinois, indien ou saoudien est sans doute préférable. À moins qu'une fois encore, la réponse soit politique. À deux niveaux pour ce qui nous concerne : européen et national...

« Les Fouan arrivèrent enfin, deux vieux aux mouvements ralentis et prudents. Le père, jadis très robuste, âgé de soixante-dix ans aujourd'hui, s'était desséché et rapetissé dans un travail si

63. Article signé Pascal Hérard pour le site TV 5 Monde le 11/02/2020.

dur, dans une passion de la terre si âpre, que son corps se courbait, comme pour retourner à cette terre, si violement désirée et possédée » (« La Terre » d'Émile Zola, de la saga « Les Rougon-Macquart » publié en 1887).

Quand on lit, ne serait-ce que l'abstract du rapport publié par l'association « Terre de liens »[64], le 21 février 2022, on ne peut s'empêcher de penser à ce roman du grand écrivain naturaliste. Loin des clichés romantiques d'une paysannerie idéalisée en conte de fée, il décrit une agriculture passionnément attachante et terriblement exigeante.

Aujourd'hui, selon ce site qui ne cache pas son action militante, ce sont plus de cinq millions d'hectares qui devraient changer de main d'ici à 2030. Soit dans moins de huit ans ! À cela s'ajoute, en principe dans les dix prochaines années, le départ à la retraite d'un quart des agriculteurs encore en exercice (génération boomers oblige), « soit 20% de la surface agricole ». Un mouvement quasi tectonique pour la paysannerie dans ce qu'elle a de plus noble, qui risque de générer un autre phénomène tout aussi délétère : le regroupement au profit des plus grosses exploitations. Comme le souligne « Terre de liens » : « La transmission et les nouvelles installations sont de plus en plus rares. Dans deux cas sur trois, les terres libérées par un agriculteur partant à la retraite sont rachetées par une ferme voisine. Dans le pays, les plus grandes exploitations, celles d'une surface moyenne de 136 hectares, représentent une ferme sur cinq et couvrent 40 % du territoire agricole. Elles étaient pourtant inexistantes ou presque il y a 60 ans ».

Reste le poison le plus violent : l'artificialisation des terres que nous évoquions plus haut. Relatant le rapport de « Terre de Liens », Victor Vasseur, journaliste à France Inter, retient les pertes de terres agricoles bien supérieures en France que dans les autres pays voisins : « Chaque année, c'est une surface équivalente à la capacité à nourrir une ville comme le Havre qui est perdue » rap-

64. « Terre de Liens » est une association...

pelle Terre de liens, « la France artificialise chaque année entre 50 000 et 60 000 hectares, soit l'équivalent d'un terrain de foot toutes les sept minutes ». Et Victor Vasseur de constater : « C'est énorme par rapport à ses voisins européens », précisant : « Pour 100 000 habitants en France, 47 km² sont artificialisés, contre 26 en Italie et 30 en Espagne ».

Et que dire de cette course à l'acquisition de surfaces agricoles qui fait monter le prix de l'hectare à des niveaux insensés. Exemple, en ce début d'année 2022, si vous cherchiez à acquérir une exploitation en Seine-et-Marne ou plus largement, dans un périmètre Île-de-France-Champagne-Picardie, vous n'aviez que deux offres : la première avec des terres disparates, donc avec peu d'économie d'échelle si l'on ne peut produire avec des surfaces d'un seul tenant ou avec des terres qui ne sont pas adaptées à toutes les productions. La seconde offre a les critères recherchés mais, pour les 300 hectares de cette exploitation, il vous en coûtera huit millions d'euros, soit, près de 27 000 euros l'hectare ! Qui peut s'offrir cela pour se lancer dans une autre vie dans l'agriculture ? Ce n'est qu'un exemple, mais il y a pire. Dans certaines régions, comme la Provence, l'hectare peut atteindre des montants indécents ; jusqu'à 120 000 euros ! Avec la palme du plus méprisable des cynismes qui revient à certains promoteurs. Après avoir acheté des terres cultivables, ils les gèlent pendant longtemps si elles ont le malheur de voir la mer ou d'être proches de certaines villes à la mode. Comme les serpents qui, dans une patience infinie, attendent que leur proie soit à leur portée, ces spéculateurs ont tout leur temps pour transformer cette terre nourricière en « immeuble avec vue », multipliant d'une façon indécente leurs investissements. Or, comme le souligne « Terre de Liens » : « Le prix de ces terres susceptibles de devenir constructibles les rend alors incompatibles avec une installation agricole. Les scientifiques s'accordent sur ce point : 1 000 ans sont aujourd'hui nécessaires pour constituer 1 cm de terre fertile ». Et de citer Isabelle Feix, Experte des Sols à l'ADEME : « Quand on imperméabilise un sol, il n'y a pas de retour en arrière possible. À l'échelle humaine, ce sol est perdu ».

Sans être une activiste exaltée, force est de reconnaître que les propositions que fait « Terre de Liens » sont d'une urgence absolue :

- Préserver les terres agricoles et leur usage agricole,
- Faciliter l'accès aux terres aux porteurs de projets agricoles,
- Favoriser des pratiques agricoles vertueuses,
- Développer une politique ambitieuse d'installation de nouvelles générations de paysans.

Préserver les terres agricoles ?... Et pourquoi pas interdire, purement et simplement leur vente pour tout autre usage que l'agriculture ? Par ailleurs, malgré la qualité du dispositif des SAFER, il reste des trous dans la raquette législative qui permettent encore trop de ventes à des « investisseurs » étrangers dont on sait que, pour la plupart, ils ne sont là que pour servir les intérêts de leur pays.

« Durant les négociations, la Commission a œuvré pour faire en sorte que la nouvelle politique agricole commune puisse soutenir le pacte vert. L'accord conclu aujourd'hui marque le début d'un véritable tournant dans la manière dont nous pratiquons l'agriculture partout en Europe. Au cours des prochaines années, nous protégerons les zones humides et les tourbières, nous consacrerons davantage de terres agricoles à la biodiversité, nous encouragerons l'agriculture biologique, nous ouvrirons de nouvelles sources de revenus aux agriculteurs grâce à l'agriculture au carbone, et nous commencerons à remédier aux inégalités dans la répartition des aides au revenu », Frans Timmermans, vice-président exécutif de la Commission Européenne en charge du « Pacte Vert ». Si le montant de la PAC alloué à la France, dans le cadre pluriannuel d'aide à l'agriculture européenne, reste quasiment le même (62 milliards, soit - 0,6 % pour la période 2021/2027), ce sont les orientations

qui évoluent, comme on vient de le voir dans le discours de Frans Timmermans[65]. Le « Pacte vert » sera sans nul doute la colonne vertébrale de ce plan mais, si tout nous rappelle l'urgence de traiter dame Nature avec un peu plus de respect, pour autant, il ne faut pas perdre de vue qu'aller trop vite en besogne ne doit pas être contreproductif. Lors de l'été 2021, des canicules brutales alliées à de fortes précipitations ont favorisé le retour du mildiou dans les vignobles. La Champagne a ainsi perdu environ 25 % de sa production et l'Alsace est en train de subir le même sort. Certains vignerons espèrent sauver 30 % tandis que d'autres ne vendangeront pas certaines de leurs parcelles, trop atteintes par ce fléau. De leur côté, le Bordelais, le Jura et l'Anjou s'inquiètent de ne pouvoir contenir encore longtemps le mal. Dès lors, les viticulteurs n'ont le choix qu'entre perdre une part importante de leur production – déjà les exportations ont chuté de 25 % pour certaines maisons – et revenir à des pratiques anciennes, mettant de côté, pour un temps, leur désir de biodynamie ou d'agriculture raisonnée.

L'autre ligne de force est le retour des États qui auront plus de latitude dans l'octroi des aides en fonction de leur politique propre tout en respectant les exigences évoquées plus haut, et qui seront définitivement arrêtées à la rentrée 2021, un accord étant intervenu avant les congés d'été par ce qu'on nomme le « Trilogue ». Consensus entre la Commission européenne, le Conseil de l'Europe qui réunit les 27 ministres de l'Agriculture et les 705 députés européens. Une volonté bienvenue pour tenir compte des réalités de chaque territoire. Néanmoins, dans ce retour des États, certaines voix s'élèvent, dénonçant de possibles effets pervers.

65. Neuf objectifs de la PAC sont prioritaires pour la période 2021/2027 :
ÉCONOMIQUES
- Assurer un revenu équitable
- Rééquilibrer les pouvoirs dans la chaine de valeur
- Accroitre la compétitivité 3 objectifs sociaux :
- Soutenir le renouvellement des générations
- Garantir la qualité des denrées alimentaires en réponse aux attentes sociétales
- Dynamiser le développement rural

ENVIRONNEMENTAUX
- Agir contre le changement climatique
- Protéger les ressources naturelles
- Préserver les paysages et la biodiversité.

Par exemple, la crainte qu'une compétition sauvage ne s'installe entre les États et dégrade ainsi l'image qualitative, pour une grande part, de l'agriculture européenne.

Quant aux deux principaux protagonistes du secteur environnemental, les réactions sont sans surprise. Toujours efficace dans les grands moments, la FNSEA semble pour l'heure assez satisfaite : « *La FNSEA salue la décision du ministre de retenir plusieurs voies d'accès pour l'écorégime, fondées sur un nombre limité de mesures, qui permettent de rémunérer les services rendus par le maintien ou la mise en place de pratiques agronomiques favorables par les agriculteurs français* ». *Et la FNSEA se félicite aussi de voir certaines de ses attentes enfin exaucées : « L'introduction du droit à l'erreur et l'affichage par le ministre de cibler clairement l'accès aux aides sur les agriculteurs véritables avec une limite d'âge correspondant à l'âge de liquidation de la retraite à taux plein représentent des signaux attendus depuis des années par les agriculteurs. Nous saluons aussi l'annonce de l'introduction de la conditionnalité sociale qui doit amener l'Europe à lutter contre le dumping social en son sein, dont la France a souvent été victime* ».

À l'inverse, Europe Écologie Les Verts se dit très critique, craignant que les fonds du « Pacte Vert » ne soient pas alloués seulement aux agriculteurs qui le méritent : « *Ces schémas environnementaux devraient peser près de 1,7 milliard d'euros par an, payés par les citoyens. Les schémas ont été conçus pour rémunérer les services environnementaux prodigués par les formes vertueuses d'agriculture et sortir de la fuite en avant dans la spécialisation et l'industrialisation des exploitations agricoles. La version actuellement sur la table au ministère de l'Agriculture prévoit que toutes les fermes y soient éligibles, sans changer leurs pratiques, ce dont le ministre s'est d'ailleurs réjoui dans la presse. Les élevages hors-sols, nourris au maïs et au soja sud-américain produits par déforestation, la filière betterave aux néonicotinoïdes, ou encore le poulet standard en cage... seront estampillés "agroécologie", alors que l'agriculture paysanne et biologique ainsi que l'élevage extensif seront les parents pauvres du dispositif* ».

Concernant la loi Égalim 2 relative à des « relations commerciales dans le secteur agricole et une alimentation saine et durable », dont une première lecture a été votée au début de l'été 2021, elle renforce les intérêts directs des paysans et des consommateurs : affichage du « rémunérascore » qui va permettre de voir in fine combien sont rémunérés les agriculteurs en fonction de l'impact du produit. Par ailleurs, autre exemple : l'interdiction d'afficher tout logo qui revendique être un produit français quand tous les ingrédients d'un produit ne le sont pas exclusivement.

Moins sympathique est l'assouplissement sur l'utilisation des indications d'origines pour se caler sur la réglementation européenne, plus souple en la matière. Déjà des premières menaces se font jour pour le camembert par exemple, dont un grand groupe laitier est maintenant, à force de rachats, propriétaire d'une majorité de marques dans ce secteur et donc majoritaire au sein des instances de l'INAO qui délivre les AOP (Appellation d'Origine Protégée). Comme le souligne la magazine Challenge, citant une célèbre fromagère du 7ème arrondissement de Paris : « Elle détaille aussi comment le consommateur peut distinguer aujourd'hui un authentique camembert AOP et comment, si la réforme est décidée par l'INAO, il risque d'y avoir de nombreuses confusions entre la mention "Camembert de Normandie" qui serait apposée sur tous les fromages de l'appellation produits avec du lait pasteurisé et la nouvelle appellation "Véritable camembert de Normandie", créée spécialement pour les derniers produits fabriqués avec du lait cru »[66]. Pour l'heure, les choses se calment mais, si le pire n'est jamais sûr, parfois il advient. Raison de plus pour rester attentif.

Or tout cela, c'était avant. Avant que la planète ne soit menacée par monsieur Poutine. La dernière tendance est donc à vouloir recouvrer notre fameuse « autonomie alimentaire ». Réunis d'urgence le 3 mars 2022, les 27 ministres de l'Agriculture ont déjà proposé deux mesures de court-terme : une dérogation à l'obliga-

66. Article signé Jean-François Arnaud sur le site Challenges.fr du 02/04/2019llenges.fr du 02/04/2019.

tion de jachère pour cette même année 2022. Comme le souligne l'article du journal La France Agricole : « Pour cultiver des protéagineux afin de libérer le potentiel de production agricole de l'UE et (deuxième mesure) activer des mesures de marché comme le stockage privé et la réserve de crise, notamment pour la filière porcine »[67].

Comme un retour de boomerang, nous voilà revenus dans les années d'après-guerre où l'indépendance et l'autosuffisance devront être atteintes le plus vite possible. Puis, les années et les décennies passant, nous avons baissé la garde pensant que c'était à d'autres continents de vivre le cauchemar de la guerre et des morts d'enfants. Alors nous avons en partie « délégué » une part de cette autonomie en confiant à d'autres le soin de nous fournir le complément de céréales dont nous avons maintenant besoin. Dans ce contexte, l'obligation de geler les terres cultivables devient non seulement une urgence mais également un impératif stratégique. En espérant que nous retiendrons la leçon pour d'autres produits dont nous ne maîtrisons plus la fabrication sur notre sol.

À l'heure où un quart des agriculteurs nés lors du Baby-boom vont prendre leur retraite, ne pas faciliter l'installation de nouveaux volontaires prêts à s'investir serait une erreur stratégique, que nous risquerions de payer très cher.

67. Article publié le 11 mars 2022 dans « La France Agricole » qui appartient au groupe de presse éponyme.

11.
Et maintenant ?

« La probabilité est opposée à la certitude ; c'est donc ce qu'on ignore et, par conséquent semble-t-il, ce qu'on ne saurait calculer »

Cette phrase d'Henri Poincaré[68], considéré comme l'un des plus grands scientifiques français du vingtième siècle, est riche d'enseignements. La prospective ne peut s'appréhender qu'avec une absolue humilité et une totale modestie. Nous n'avons pas le choix. Le seul possible est de prendre le risque d'imaginer l'avenir avec les outils du présent. Si la Terre est stable dans son ellipse autour du soleil, il n'en va pas de même concernant les humains qui la peuplent. Qui aurait pu imaginer qu'un virus jusqu'alors inconnu ferait trembler la planète entière et voir les plus magnifiques exemples côtoyer les plus méprisables attitudes d'égoïsme pour « avoir sa dose » de vaccin ? Malgré les alertes des scientifiques depuis des décennies, la volonté politique a été pusillanime en la matière, laissant le climat se dégrader et nous présenter l'addition.

Malgré toutes les bonnes volontés et l'argent déversé, qui pouvait

68. Physicien, mathématicien, philosophe des Sciences, Henri Poincaré (1854 – 1912) est l'un des plus grands scientifiques français du vingtième siècle. Considéré comme l'un des derniers « savants universels », ses travaux sont d'une importance majeure en ce qui concerne l'optique et le calcul infinitésimal. Il est aussi l'un des fondateurs de la « théorie du chaos » qui, dans l'un de ses plus célèbres discours au début du siècle dernier, affirmait que la science allait fortement progresser dans de nombreux domaines, excepté celui qui permet de prédire le temps qu'il fera, à cause justement de cette théorie. Ami de Pierre et Marie Curie, il a aussi beaucoup inspiré Albert Einstein avec son ouvrage sur la « Relativité restreinte » (La Science et l'Hypothèse, 1902). Son cousin germain Raymond Poincaré a été Président de la République de 1913 à 1920. De nombreux lycées et autres établissements scolaires portent son nom.

prédire que la guerre et la haine enflammeraient les peuples ? Des bords de la Méditerranée aux confins du sous-continent indien depuis longtemps ; rejoints par l'Europe depuis février 2022. Malgré tous les efforts et la patience infinie déployés par l'Union européenne, les États-Unis, le Japon et bien d'autres pays, Vladimir Poutine, enfermé dans une paranoïa quasi hitlérienne, semble vouloir assouvir ses fantasmes de gloire et de reconstruction du glacis soviétique, massacrant les peuples jusqu'à ses propres concitoyens qui osent contester sa politique. Le dictateur russe reste insensible aux souffrances, semblant vouloir entraîner la plnète entière dans son délire délétère. Comme l'avaient vécue nos familles durant la Seconde guerre mondiale, s'installe peu à peu une sorte « d'économie de guerre » qui rappelle des sentiments anxiogènes que les Français n'avaient plus connus depuis près de quatre-vingts ans. Comment, après tout ce temps, pouvaient-ils imaginer qu'ils vivraient sous une menace qu'avaient subie leurs parents et grands-parents ? Ce sont ces sentiments paradoxaux qui, chez beaucoup de mes concitoyens, s'entrechoquent en permanence. Comme l'écrivain Tristan Bernard le disait à sa femme alors que la Gestapo les emmenait au camp de Drancy : « Nous vivions dans la peur, maintenant nous allons vivre dans l'espoir ». Comprenons que les pires choses sont comme les meilleures, elles ont une fin. Alors mon regard préfère se porter au-delà de ce drame puisque nous n'en connaissons pas les effets à moyen et long terme.

Que sera l'agriculture française en 2035 ou 2050 à l'aune de ces événements ? Quels seront les besoins des nations ? Y aura-t-il une « fracture alimentaire » entre les pays en fonction de leurs richesses ? En fonction de la qualité de leurs terres et leur avancée en matière de recherche ? Dans la perspective de 2050, nombre de paramètres en sont encore au stade des hypothèses et des spéculations, chez les chercheurs de toutes natures. Par conséquent, évoquer tous ces items se résume inexorablement à un florilège d'hypothèses, ni plus ni moins pertinentes que d'autres puisque choisir, c'est déjà renoncer. Alors, ce chapitre est un exercice aussi périlleux que stimulant. Et tant pis si, parfois, je mets à côté de la plaque !

Déjà apparaissent trois facteurs qui devraient être déterminants : le changement climatique, changement aussi dans nos habitudes alimentaires, et puis l'évolution des techniques agricoles.

23 juin 2021... Le premier opus du nouveau rapport de quatre mille pages du GIEC[69] (composé des plus éminents scientifiques et climatologues mondiaux) et son résumé (137 pages !) auraient dû nous glacer. Mais non. Passés les quelques jours de circonstance, on a préféré nous parler, *ad nauseam*, vacances des Français, polémiques vaccinales et peurs afghanes après le retour des Talibans. On reste confondu devant cette constante indifférence qu'accompagnent des discours qui sonnent vide. Pourtant, ce nouveau rapport est clair : « *Une hausse ne serait-ce que de 1,5° de la température en 2050 aura des conséquences graves pendant des siècles, voire des phénomènes irréversibles* ». Pour mémoire, les dirigeants mondiaux, lors de la COP21 à Paris, se félicitaient à l'idée qu'ils pourraient contenir cette hausse de la température à 2°. On est loin du compte car, comme le soulignent ces éminents experts, chaque fraction de hausse revêt une importance cruciale. Peut-être même définitive, a-t-on envie d'ajouter, quand on sait que la température a augmenté chez nous de presque 1,7 degrés. Pour s'en convaincre il suffit de voir comment les vendanges changent leurs dates pratiquement chaque année.

Le deuxième volet du rapport final – devrais-je dire deuxième avertissement ? – est intervenu fin février 2022.

Pour mémoire, le GIEC nous rappelle aussi qu'entre le milieu du 19ème siècle et aujourd'hui (soit en un peu plus que 150 ans) la température n'a augmenté que de 1,1°. Et nous nous félicitons de

69. Premiers éléments du rapport du GIEC publiés en août 2021.

contenir nos turpitudes climatiques à 2° en quelques décennies ! Sans compter avec cette vérité pas assez comprise qui veut que la Terre continuera de tourner : seules certaines espèces végétales et animales – dont les humains – ne seront plus capables de s'adapter. On se doute de la suite. Quand je regarde mes trois enfants jouer et rire, j'en tremble.

Le « *locavorisme* » (nouveau barbarisme « tendance ») est le deuxième élément de cette trilogie angoissante. De nombreuses études le montrent depuis plusieurs années : la « locavore attitude » est le nouveau credo des Français. Beaucoup continuent leurs achats de manière habituelle et sans trop regarder si l'avocat qu'ils achètent a parcouru des milliers de kilomètres au lieu de choisir celui qui a poussé à Menton, Nice ou Cannes par exemple. Mais ils sont de plus en plus nombreux à adhérer à cette nouvelle forme de consommation et le font dès qu'ils en ont la possibilité. Une tendance confirmée par l'étude prospective très fournie, publiée en mars 2020, par le CGAAER[70] (Conseil Général de l'Alimentation, de l'Agriculture et des Espaces Ruraux) : « *La vocation exportatrice de l'agriculture française n'est plus revendiquée (...) au nom de la promotion d'un modèle non-productiviste* ». Comme le signale un blog de la Poste, des collectivités locales font preuve de créativité. Exemple avec la Chambre d'Agriculture et le Conseil départemental du Tarn qui ont mis en place un « drive » afin que les habitants puissent acheter des produits frais à des producteurs locaux après avoir fait leur commande et réglé en ligne leurs achats avant de se rendre à l'un des points de livraison. Même si, lors de la première étape – en 2035 –, les deux formes d'agriculture devraient sans doute cohabiter : « *Des politiques agricoles et alimentaires régionalisées se sont développées en faveur d'une agriculture territorialisée* ». Quant à 2050, le CGEAAR estime que les coûts inhérents à cette nouvelle donne environnementale finiront sans doute par être économiquement intégrés en

70. Présidé par le ministre de l'Agriculture, le Conseil Général de l'Alimentation, de l'Agriculture et des Espaces Ruraux : « assure des missions de conseil, d'expertise, d'évaluation, d'audit et d'inspection, par exemple sur des questions stratégiques comme l'agroécologie et la lutte contre le changement climatique, la gestion de crises de marché ou de crises sanitaires, l'appui à l'international. Il peut aussi participer à la conception de lois ».

interne comme à l'international via les échanges commerciaux. Si l'imagination marketing des grandes enseignes a donné naissance à des concepts comme les « drives » et autres « *click & collect* », ils n'étaient que des outils marketing parmi d'autres jusqu'à ce que la pandémie transforme ces services en nouveau mode de vie définitivement adopté. Ce qui vient renforcer d'autant le concept de consommation locale. C'est d'ailleurs dans ce même esprit que, début 2021, le gouvernement français a lancé le site « fraisetlocal » qui recense pas moins de huit mille drives fermiers sur tout le territoire. Une carte géolocalisée indiquant les agriculteurs inscrits et où ils se trouvent ; le consommateur n'a plus qu'à entrer ses coordonnées pour savoir s'il y a un site près de chez lui. Lors de ses vœux 2021 à la presse, Julien Denormandie, ministre de l'Agriculture, soulignait : « *Nous avons voulu tirer profit des tendances observées pendant le confinement pour valoriser les circuits de proximité* ».

Reste un problème important : la fracture sociale. Comme le souligne ce même rapport : « la question du coût de l'alimentation demeure un enjeu social ». En clair, les ménages les plus modestes qui souhaiteront une alimentation de qualité pour leurs enfants ne pourront pas suivre. S'en suivra une frustration qui se transformera en colère puis en violence. Scénario hélas récurrent dont on sait depuis des siècles, qu'au fond, il ne mène à rien si ce n'est à la haine, voire à l'autodestruction. Ces deux items dépendent à l'évidence de la puissance politique et des nations qui, tôt ou tard, seront condamnées à s'entendre ou à mourir. Le troisième, lui, dépend de notre propre capacité à innover.

Connaissez-vous Hervé Pillaud ? Cet ancien agriculteur-éleveur est surtout un « ageekulteur », comme il aime à se présenter. Aujourd'hui président du salon « Tech Élevage » et de « l'Agri Start-up Summit », il est l'auteur de plusieurs ouvrages afin de casser les clichés qui accompagnent souvent le secteur agricole dont il défend, lors de ses conférences, la modernité et son adaptation permanente à la technologie. C'est ce qui lui a valu d'être nommé pendant un mandat au Conseil National du Numérique.

Fini le paysan solitaire sur son tracteur en train de cultiver ses terres. Aujourd'hui ils sont quasiment tous connectés à chaque instant de leur journée. Échanger des informations ou des pratiques via les réseaux sociaux et les différents forums, faire du e-learning, suivre en temps réel la météo ou les fluctuations des prix sur les différents marchés, aller sur des plateformes pour acheter des produits ou mettre une annonce afin de recruter...

Et voici maintenant « Hectar », immense campus agricole de six cents hectares, dont deux cents de forêt, en plein cœur des Yvelines. Initié par Audrey Bourolleau, cette ancienne conseillère Agriculture, Pêche et Forêt d'Emmanuel Macron à l'Élysée, a convaincu Xavier Niel d'embarquer dans cette aventure et faire de ce « domaine de la Boissière » une référence pour l'agriculture de demain à travers ce qu'elle nomme de la « philanthropie utile ». Véritable écosystème, Hectar, installé dans un important corps de ferme réhabilité, rassemble à la fois une grande ferme en polyculture dédiée à la transition agroécologique, un lieu de formation, un espace de coworking et de séminaires. Un campus qui compte aussi une centaine de vaches équipées d'un collier connecté afin de vérifier à distance si tout va bien : température, mouvement de l'animal ou un quelconque problème de mise en danger. Dans cet esprit, sont venus aussi des anciens de « l'École 42 » – fondée justement par Xavier Niel – pour optimiser le travail de l'agriculteur tout en allégeant sa charge de travail et en augmentant l'attention portée à l'environnement, à travers des logiciels d'intelligence artificielle. Ce qu'Audrey Bourolleau définit par l'acronyme ABC (Agriculture Biologique de Conservation).

Le secteur agricole s'adapte en permanence et est sans doute l'un des plus connectés. Comme le soulignait le magazine « Entreprendre » dans l'un de ses articles : « *La connectivité est devenue plus concrète dans le sens où tous les éléments disparates qui facilitaient la tâche des agriculteurs, ainsi que tous les outils d'aide à la décision, peuvent à présent être connectés les uns aux autres, faisant d'une exploitation agricole un tout cohérent grâce à Internet et aux nouveaux logiciels informatiques. Cette intégration est une révolution, y compris pour le profil des agriculteurs qui veulent utiliser ces nouvelles méthodes* »[71]. Bienvenue dans ce que la même Audrey Bourolleau appelle le monde des « chefs d'entreprises agricoles ».

En écho à cette affirmation, signalons la naissance, le jeudi 8 novembre 2018, de la première centrale agrivoltaïque. L'idée est née de la collaboration de l'INRA et d'un viticulteur du Roussillon désirant revaloriser une parcelle de son domaine qui était en friche. 78 500 panneaux photovoltaïques recouvrent 35 % des 7,5 hectares de cette parcelle. Comme l'explique dans « la Revue du Vin de France », l'innovateur à l'origine de ce projet, la société SUN'R : « Il s'agit d'une innovation de rupture avec ce premier démonstrateur capable de combiner agriculture et énergie solaire avec des panneaux intelligents, pilotés à distance grâce à des algorithmes complexes de conduite. Ils agissent comme des persiennes en fonction des besoins de la plante en ensoleillement »

Précisant par ailleurs : « Les données météorologiques et écophysiologiques de la plante sont analysées et traitées par des algorithmes complexes permettant d'orienter en temps réel les panneaux pour qu'ils procurent ombre ou lumière de façon optimale » .

Évoquons rapidement les robots de désherbage maraîcher, de toutes sortes et de toutes tailles, afin de les adapter à chaque type de culture. C'est autant de phyto en moins et sans doute un argument supplémentaire pour le bio.

Également, l'utilisation de drones qui permettent surveillance et alerte permanente grâce, là encore, à la connexion des données.

Enfin, une répartition plus cohérente entre l'agriculture bio qui permettra à des fermes de taille petite ou moyenne de pouvoir durer et permettre à « l'agriculteur – hôtelier – transformateur » (viande, charcuterie, fromages fabriqués directement à la ferme) de vivre dignement.

71. Article signé Marjolaine Henri pour LA REVUE DU VIN DE FRANCE.

Sans compter tout ce qui reste à inventer grâce à une technologie galopante et dont nous ne connaissons pas encore la portée et l'efficacité. Ce sont déjà autant d'éléments qui vont aider l'agriculture française à rester dans la course pour tenir son rang.

« La France va porter les aires bénéficiant de "protection forte"[72] *à 5% de son espace maritime en Méditerranée d'ici à 2027, contre 0,2 % actuellement »* (Emmanuel Macron : Marseille le 05/09/2021)

Il était temps ! Quasi fermée, La Méditerranée – que l'on appelait « le centre du monde » dans l'Antiquité – est désormais la vulnérabilité même. La croissance exponentielle, de l'industrie notamment (souvent très polluante), les guerres de part et d'autre de ses rivages, ajoutées à une absence totale de conscience de la part de ses habitants, ont fini par en faire une « presque poubelle » dont on se demande par quel miracle elle reste l'une des plus riches biodiversités du monde avec plus de 17 000 espèces recensées, 8 % de la flore et 18 % de la faune mondiales ! Cette annonce du président français devant le congrès de l'Union Internationale pour la Conservation de la Nature (l'UICN) était très attendue par tous les intervenants pour la protection de la nature. Emmanuel Macron précisant que ce n'était qu'une première étape : « *C'est un vrai changement qui nous permettra d'atteindre un autre objectif de 10 % à l'horizon 2030* ». Comme le soulignait Oscar Wilde : *« Il faut toujours viser la lune, car même en cas d'échec, on atterrit dans les étoiles »*. Dont acte !

Ce qui est sûr, c'est que la course contre la montre a commencé afin de sauver ce qui peut l'être. Nous éviter le pire qui nous menace après des décennies d'indifférence et de sauvagerie à exploiter cette nature que nous ne savons plus respecter.

Aujourd'hui, les zones protégées recouvrent un petit quart de la planète (en 2021 : 22,5 millions de kilomètres carrés pour ce qui

72. Selon le ministère de la Transition Écologique, les zones dites en « protection forte » sont des zones où les pressions engendrées par les activités humaines susceptibles de compromettre la conservation des enjeux écologiques sont supprimées ou significativement limitées, et ce de manière pérenne ».

concerne les zones terrestres et d'eau douce, soit 15,6 % de la surface du globe et 28 millions de km² pour la partie qui concerne les côtes et les océans, soit 7,7 %). Côté France, ce sont 5 500 zones qui sont abritées, DOM-TOM compris, soit, 27 % de notre territoire terrestre et plus de 50 % de sa partie maritime. Quand on sait que la France est la deuxième puissance maritime mondiale, juste derrière les États-Unis, on se dit qu'on n'a pas à rougir, malgré tout.

L'objectif de ce congrès de l'UICN en ce mois de septembre 2021 permet, dans une vision de moyen terme, de monter à 30 % les zones protégées de la Terre. Y arriverons-nous ? Au moment où j'écris ces lignes, je ne saurais le dire. Mais à condition que le terme de « zones protégées » ne soit pas qu'une formule ou un vœu pieux. En clair : avons-nous la volonté et les moyens de protéger ces zones ? Pas évident si l'on en croit cette étude du CNRS rapportée par l'AFP : « *Pour l'instant, selon une étude du CNRS en métropole, les niveaux de protection des eaux françaises sont extrêmement faibles. Ainsi, 59 % des eaux françaises méditerranéennes sont sous le statut d'aires protégées, mais seulement 0,1 % en protection haute ou intégrale. Si 40 % de la façade Atlantique-Manche-Mer du Nord est sous statut d'aire protégée, seule 0,01 % est sous protection haute ou intégrale. Au total, seul 1,6 % de l'espace maritime français bénéficie d'un statut de protection intégrale ou haute, dont l'essentiel (80 %) dans les eaux australes et antarctiques françaises* »[73]. On le voit, le chemin risque d'être plus long que prévu. Néanmoins, des sources d'espoir existent comme ces projets d'ordonnance, et d'une loi à terme, permettant de pénaliser le propriétaire d'un bateau qui aurait coulé, volontairement ou non. Aujourd'hui, pour l'heure, il est interdit d'y toucher sans l'aval de celui à qui il appartient et donc de pouvoir le remonter à la surface afin d'être identifié. Pendant ce temps, le contrevenant qui abandonne sciemment son esquif échappe à toute pénalité. L'exécrable principe « pas vu - pas pris ». À condition qu'elle ne se perde pas dans des guerres idéologiques et picrocholines entre adversaires politiques qui ralentiraient le processus.

73. Rapporté par le magazine GEO du 03/09/2021.

Autre espoir possible, trouver le moyen (sans doute grâce aux technologies) de réaliser une vaste toile où toutes les zones à protéger seraient connectées entre elles. Manière d'échanger des savoirs et des bonnes pratiques. Et, pourquoi pas, d'alerter quand une zone est en danger, comme c'est souvent le cas en Amazonie.

L'autre grand challenge qui concerne notre avenir est d'évidence la transition agroécologique et sa cohorte de défis : environnemental, technique, sociétal, économique, sanitaire ou alimentaire. Dans un important rapport[74] publié fin 2016, le Conseil Économique, Social et Environnemental (CESE) montre la multiplicité des défis qui nous attendent. Mais avant d'évoquer les quelques points qui paraissent les plus fondamentaux, il est nécessaire de définir ce qu'on entend, selon ce rapport du CESE, par agroécologie : « *L'agroécologie est d'abord une science qui agrège deux disciplines : l'agronomie et l'écologie. À ce titre, elle consiste à appliquer aux conditions de production agricole dans un écosystème, les principes de l'écologie qui concernent les relations entre les êtres vivants au sein de ce même système. L'agroécologie correspond à une démarche systémique dont la mise en œuvre requiert des changements collectifs. Elle vise à répondre aux attentes de la société qui souhaite disposer d'une alimentation saine, diversifiée, de qualité, en quantité suffisante et à un prix abordable. Elle doit également contribuer à atteindre d'autres objectifs, eux-aussi primordiaux : la viabilité économique durable des exploitations, le renouvellement des générations d'agriculteurs, le maintien, voire la création d'emplois ainsi que leur progression en qualification, le dynamisme des territoires, l'atténuation du changement climatique et l'adaptation à celui-ci, ainsi, bien entendu, que la préservation des équilibres et des milieux naturels* ».

74. « La transition agroécologique : défis et enjeux ». Rapport du CESE, novembre 2016, signé Cécile Claveirole.

Pour accélérer cette mutation, des impératifs s'imposent immédiatement. En premier lieu, les revenus des agriculteurs n'ont cessé de se dégrader. Une part de plus en plus importante d'entre eux vit en-dessous du minimum. Pour comparaison, si dans les années soixante, un agriculteur conservait pour lui, en moyenne, 40 % de son chiffre d'affaires, il n'est plus aujourd'hui que de 10 %. Et encore ! Sans les aides de la PAC, il tomberait à 5 %, voire moins en fonction de ce qui est produit sur l'exploitation, selon le même rapport du CESE. Si, pour l'heure, les drames humains sont importants (un seul drame, c'est déjà trop), la profession tient le choc parce ce que la réduction constante des exploitations permet quelques revenus supplémentaires à ceux qui restent. C'est une solution à la Gribouille qui ne devrait sûrement pas tenir jusqu'en 2050. Déjà réussir à passer 2030 tiendrait du miracle. Le défi économique est donc une mesure majeure afin d'enrayer ce long déclin qui voit notre parc d'exploitations agricoles se réduire comme peau de chagrin depuis des décennies. En ce sens, la loi « EGalim pour une meilleure rémunération des agriculteurs » peut être un élément déterminant si l'on en croit certains de ses articles. Notamment le « *contrat pluriannuel de trois ans au minimum entre agriculteurs et transformateurs* » et l'interdiction des pénalités financières quand, pour cause d'aléas climatiques, le producteur serait dans l'incapacité d'honorer les volumes inscrits au contrat. Si les décrets d'application sont dans le même esprit et que la volonté politique de les faire respecter sont au rendez-vous, ce sera une avancée significative.

L'autre condition importante est de rompre la solitude des agriculteurs. Ne plus être seuls face à tous les défis qui les attendent. L'initiative des pouvoirs publics de créer les GIEE (Groupements d'Intérêt Économique et Environnemental) est peut-être un outil intéressant dans ce contexte. Le principe est de favoriser les démarches collectives et le regroupement des agriculteurs dans un même périmètre. Au-delà d'échanger les bonnes pratiques et les savoirs, de l'indispensable entraide agricole, les GIEE peuvent bénéficier d'attributions préférentielles de l'Europe ; notamment dans le cadre de la PAC. Ils sont aussi, parfois, sources d'innovations et de modèles reproductibles dans d'autres régions ou sous d'autres formes.

Autre élément de transition : la permaculture et les fermes de proximité comme celles que j'évoquais dans le chapitre 8. Celle installée à Saint-Denis, dans le 93, ou « La ferme des 4 vents » à Hem, dans les Hauts-de-France, portée par Nicolas Mulliez.

Concernant le premier concept, ce ne sera que sur un long – voire très long – terme qu'il pourra être considéré comme une filière à part entière. Cette « agriculture hors-sol » réclamera toujours des conditions particulières pour faire pousser salades, endives ou tomates sur les toits des maisons et les sous-sols des garages. Sans compter les coûts technologiques qu'il faudra pour atteindre une réelle vitesse de croisière capable d'alimenter une population conséquente. Ce qui n'est pas irréaliste puisque, comme évoqué toujours le chapitre 8, à propos de la société Smart Farming, les produits sans aucun pesticide n'empêchent pas de produire à 20 % moins cher en moyenne par rapport aux exploitations traditionnelles. Ce concept a également un double avantage : satisfaire les plus convaincus qui seront sans doute les meilleurs porte-paroles pour en faire la promotion et, entre offre et demande, générer un cercle vertueux ; même s'il ne concerne a priori que les grandes villes car, compte tenu des investissements technologiques nécessaires, il faut une zone de chalandise proche et dense.

Les fermes intégrées à des territoires très urbanisés sont un deuxième cercle plus intéressant dans un futur plus proche. Dans ce dernier cas, ce sont les élus locaux qui peuvent être prépondérants. Certes, toutes les friches et tous les terrains à l'abandon ne sont pas pour autant des surfaces agricoles utiles et possibles. Mais, si on commençait par répertorier celles qui le sont, on pourrait avoir une cartographie de ce qui est possible. Peut-être, pour certains, faudra-t-il travailler les sols pour les rendre compatibles avec une exploitation de proximité. On rétorquera que la France est encore en souffrance de logements mais, il faudra bien, à un moment donné, marier la verdure et le béton.

Reste un dernier élément...

« Il est où le patron ? »

« Elle est devant vous »

Combien de femmes, exploitantes agricoles, ont eu droit à ce genre de remarques venues d'un autre âge ? De l'époque où elles travaillaient en silence, invisibles, reléguées au seul statut « d'aider le mari ». Avec le recul, on mesure le chemin parcouru. Un véritable parcours du combattant.

Un combat acharné depuis un demi-siècle pour changer les mentalités et influer sur la législation, allié à d'importants progrès techniques (sans toutefois enlever toutes les contraintes lourdes) ont permis d'inverser la tendance. Même si elles restent minoritaires dans l'absolu, la place des femmes est désormais bien plus visible au fil des décennies depuis les années soixante (cf. infographie plus bas). Aujourd'hui, elles sont presque un tiers à manager. Même si l'élevage arrive en tête, même si les grandes cultures sont beaucoup moins prisées, la répartition entre les différentes composantes du monde agricole est somme toute assez égale. Surtout, deux items retiennent l'attention.

Le premier est la nature des choix faits par les femmes qui dirigent une exploitation. Selon plusieurs études rassemblées par le ministère de l'Agriculture, les femmes se dirigent bien plus fortement et bien plus vite vers la production d'une alimentation plus saine et plus respectueuse de notre environnement en adoptant le circuit court et la vente dans leur environnement immédiat. Sans doute les futures ou actuelles mères de famille sont-elles plus soucieuses de produire des aliments de qualité, bio ou issus d'une agriculture raisonnée. D'ailleurs les femmes sont plus acheteuses de ces produits. Peut-être est-ce en priorité à elles que l'on doit de voir l'agriculture bio doubler de volume durant le premier quinquennat d'Emmanuel Macron ? Comme si l'empathie traversait le miroir entre la productrice et la consommatrice.

Le deuxième item à retenir est le niveau de formation. Ces dernières décennies, il est clair que les femmes sortent gagnantes des statistiques. Même si, globalement, le niveau s'est élevé quel que soit le genre. Comme le souligne un article du *Figaro* Étudiant : « S'il existe des formations courtes (CAP Agricole...), les salariés sont en réalité de plus en plus qualifiés : de Bac+2 au diplôme d'ingénieur. Une hyper-qualification qui s'explique notamment par la mécanisation galopante sur les exploitations ».

C'est dans ce contexte, mélange d'inquiétude et de volonté, que j'ai rencontré (et suivi) la « Convention Citoyenne pour le Climat ». Dès la première session de la CCC, en septembre 2021, on a pu constater les convergences entre toutes les composantes de la société et de l'économie. Elles nous ont permis un même constat sur le dépassement des limites planétaires et des périls qui y sont associés. Autorisant ainsi de se projeter sur le monde d'après et ses renouveaux possibles. Avec, en point d'orgue comprendre que nous partageons tous le même désir de changement.

Par leur empathie que tous reconnaissent, par leur ouverture d'esprit puisqu'elles sont plus souvent dans l'association que dans la compétition et, pour paraphraser Aragon : plus que jamais la femme est l'avenir... de l'agriculture.

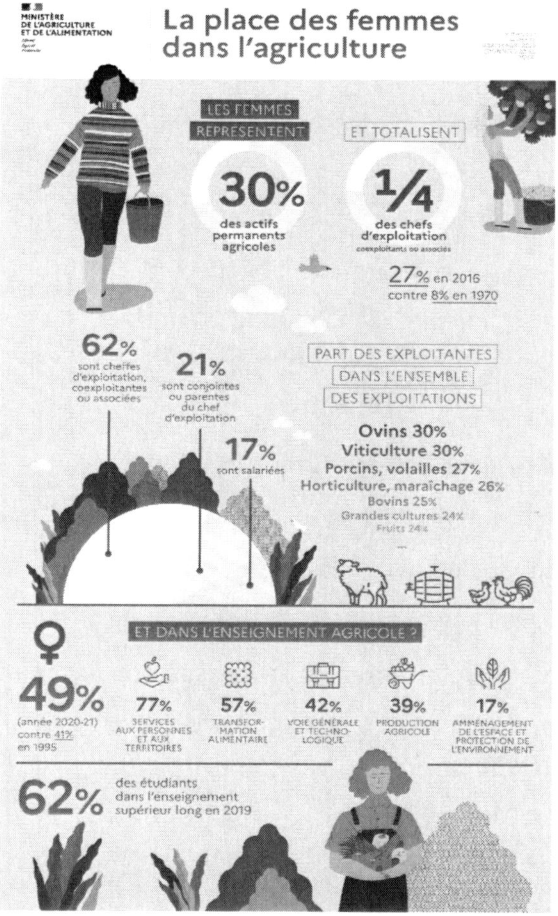
MINISTÈRE DE L'AGRICULTURE ET DE L'ALIMENTATION
La place des femmes dans l'agriculture
LES FEMMES REPRESENTENT
30% des actifs permanents agricoles
ET TOTALISENT
1/4 des chefs d'exploitation
coexploitants ou associés
27% en 2016 contre 8% en 1970
62% sont cheffes d'exploitation, coexploitantes ou associées
21% sont conjointes ou parentes du chef d'exploitation
17% sont salariées
PART DES EXPLOITANTES DANS L'ENSEMBLE DES EXPLOITATIONS
Ovins 30%
Viticulture 30%
Porcins, volailles 27%
Horticulture, maraîchage 26%
Bovins 25%
Grandes cultures 24%
Fruits 24%
...
ET DANS L'ENSEIGNEMENT AGRICOLE ?
49% (année 2020-21) contre 41% en 1995
77% SERVICES AUX PERSONNES ET AUX TERRITOIRES
57% TRANSFORMATION ALIMENTAIRE
42% VOIE GÉNÉRALE ET TECHNOLOGIQUE
39% PRODUCTION AGRICOLE
17% AMMÉNAGEMENT DE L'ESPACE ET PROTECTION DE L'ENVIRONNEMENT
62% des étudiants dans l'enseignement supérieur long en 2019

Les chiffres[75]

Aujourd'hui, les femmes représentent

- 30 % des actifs permanents agricoles
- 1/4 des chefs d'exploitation, coexploitants ou associés

Ovins, viticulture, porcins, volailles, horticulture, maraîchage, bovins, grandes cultures, fruits...

Les femmes dans l'agriculture sont :

- cheffes d'exploitation, coexploitantes ou associées : 62 % ;
- conjointes ou parentes du chef d'exploitation : 21 % ;
- salariées : 17 %

La part des exploitantes dans l'ensemble des exploitations est :

- ovins : 30 %
- viticulture :30 %
- porcins, volailles : 27 %
- horticulture, maraîchage : 26 %
- bovins : 25 %
- grandes cultures : 24 %
- fruits : 24 %

75. Source : Agreste Graphagri 2020 (données 2016) DGER, Direction Générale de l'Enseignement Supérieur

Dans l'enseignement agricole :

49 % sont des femmes (année 2020-2021) contre 41 % en 1995, les spécialités suivies sont :

- 77 % les services aux personnes et aux territoires
- 57 % la transformation alimentaire
- 42 % la voie générale et technologique
- 39 % la production agricole
- 17 % l'aménagement de l'espace et de la protection de l'environnement

62 % des étudiants dans l'enseignement supérieur long en 2019 sont des femmes.

CONCLUSION... (Fatalement provisoire !)

« Le vieux monde se meurt. Le nouveau tarde à apparaître. Et, dans ce clair-obscur, les monstres sortent »

Antonio Gramsci[76]

Voilà...

Voilà, en quelques chapitres, une perspective très aléatoire dont on ne sait pas encore si elle sera salutaire ou dystopique. À l'heure où j'écris ces lignes, la seule chose à peu près sûre, c'est que l'agression sauvage des Russes sur l'Ukraine illustre à merveille cette phrase de Gramsci. Monstres au sens propre puisque « l'opération spéciale » décidée par Moscou est d'une telle barbarie et d'un tel sadisme – assassinat des jeunes comme des vieux, enfants violés, hôpitaux détruits, habitations sciemment visées – qu'elle mettrait mal à l'aise le pire des serial killers. Sans savoir encore quand cette barbarie pourra cesser et quelles en seront les conséquences, en coût humain comme financier.

Comme souvent, un autre type de monstre surgit et profite de l'aubaine...

Profiteurs de toutes sortes et pour de nombreuses raisons, plus ou moins sincères ou d'une cynique hypocrisie. Certes, une relative poussée inflationniste était déjà évoquée quand s'atténuerait la crise pandémique de la Covid 19 et la plupart des pays anticipaient les solutions pour amortir le choc. Mais la guerre a agi

76. Antonio Gramsci, né le 22 janvier 1891 à Ales et mort le 27 avril 1937 à Rome, est un philosophe, écrivain et théoricien politique italien. Membre fondateur du Parti communiste italien, dont il est un temps à la tête, il est emprisonné par le régime mussolinien de 1926 à sa mort dans les geôles fascistes.

comme un brutal effet de levier. Si la plupart des fabricants et artisans n'ont pas eu le choix, d'autres ont été bien moins sincères. Dans certains secteurs, les « profiteurs de guerre » sont sortis au grand jour. L'exemple le plus marquant fut la décision des membres de l'OPEP d'ignorer les besoins grandissants en énergie, suite aux coupures du gaz russe. Tout au contraire, ils ont penché du côté de Moscou, réduisant même la production quotidienne, prospérant ainsi sur une pénurie annoncée. Au nom du dieu Argent, comme toujours. Au passage, montrer à ces nations occidentales que leur domination arrogante qui, depuis deux siècles, pesait sur ces peuples, était en train de se terminer. Les sourires de circonstance masquaient en réalité des frustrations et des antipathies plus importantes que nous ne l'imaginions.

Au milieu de ces lignes de forces contraires entre les intérêts des uns et des autres : le paysan. Chez nous encore plus qu'ailleurs, puisque notre paysan est avant tout un symbole. Bien sûr, tous les pays ont une histoire avec leur terre et l'amour que ses habitants lui portent, mais, sans chauvinisme aucun, depuis plusieurs siècles cuisine et terroir se sont associés pour faire naître chez nous, bien avant les autres, l'alchimie culinaire qui allait conduire au concept de gastronomie. Les premiers traités d'Escoffier ou Curnonsky ont porté haut le savoir-faire français. Une notoriété que les grands chefs n'omettent jamais de partager avec les producteurs qui les fournissent. Car, spécificité toute nationale, le produit est une composante fondamentale. Même le plus talentueux des cuisiniers ne peut faire l'impossible sans viande, poisson ou légume à la hauteur. Ce qui a permis à la France d'avoir ainsi l'image d'une agriculture de qualité, voire haut-de-gamme et à notre pays de rayonner. D'ailleurs, quelle que soit sa nationalité, tout impétrant à ouvrir un restaurant haut-de-gamme se formait en priorité en France, gage de crédibilité.

À quel prix ? Depuis que les humains sont apparus sur la Terre, ils n'ont de cesse de contraindre la nature pour l'adapter à leurs désirs. La bousculant, la détruisant, la façonnant à leur bon plaisir. Contrairement aux humains, trop faibles pour se révolter et longtemps satisfaits des miettes qu'on leur laissait, la Terre commence à nous présenter l'addition face à un matérialisme qui arrive au bout de ses limites ; sous peine de disparition totale au mieux dans quelques générations. Pluies brutales et torrentielles qui font déborder fleuves et rivières. Glissements de terrain qui engloutissent des villages entiers. Températures erratiques où il fait chaud en hiver, pluvieux et sombre l'été. Je pourrais continuer encore longtemps cette litanie de nos turpitudes collectives. Autant de messages que nous envoie la nature. Sans l'Homme, elle aurait sûrement vécu plus apaisée. Les plantes, les arbres, les animaux auraient sans doute réussi une cohabitation harmonieuse. Seulement voilà, par sa composition, par sa capacité à produire de quoi nourrir les vivants, la nature a favorisé une race particulière : les humains. Pouvions-nous prévoir, il y a quelques centaines de milliers d'années que des hominidés deviendraient des prédateurs plus redoutables que tout ce que la planète avait engendré ? Certes non. Et dans notre aveuglement d'accaparer tout ce qui faisait envie, nous en sommes arrivés au résultat d'aujourd'hui et à cette urgence d'adaptation. À un changement profond, voire abyssal.

Comme le souligne un rapport publié par l'institut Montaigne en octobre 2021, « En campagne pour l'agriculture de demain » : « Il importe de mieux prioriser les efforts de recherche pour concentrer les moyens vers les impasses techniques les plus critiques. Le déploiement des innovations dans les exploitations requiert de cibler les investissements dans une logique de triple performance économique, sociale et environnementale. Ces changements de pratiques passent aussi par un accompagnement plus soutenu des modes de production durable (haute valeur environnementale, bio, signes de qualité...) (...) Rémunérer les pratiques vertueuses, comme le stockage du carbone dans les sols, représente un autre levier à actionner pour accélérer la transition écologique en France tout en permettant aux entreprises de se décarboner. L'agriculteur de demain sera aussi un carboniculteur ». Encore un nouveau concept à mettre dans notre besace. Des perspectives intéressantes mais n'oublions pas que nous sommes dans cette période de transition chère à l'économiste Joseph Schumpeter et sa fameuse destruction créatrice. Certaines formes d'emplois disparaissent et d'autres apparaissent ; plus nombreuses d'ailleurs. Mais cela ne console pas celui qui, trop vieux ou n'ayant pas le savoir requis, ne peut changer de job aisément.

Et que dire de ces « Surfaces Agricoles Utiles » dont les prix à l'hectare ont explosé ? On le ressent à lire le pré-rapport du ministère de l'Agriculture sur le nombre de fermes en France. Selon les résultats provisoires parus le 10 décembre 2021, la France a perdu 100 000 exploitations agricoles en dix ans, soit une chute de 21 % ! Un rythme constant à la baisse qui, selon l'article « INSEE focus »[77], a vu notre paysannerie française s'effriter régulièrement, passant de 1 600 000 exploitations il y a cinquante ans, à 400 000 aujourd'hui. Conséquence logique, c'est la taille des exploitations restantes qui a augmenté, passant à 69 hectares en moyenne contre un peu plus d'une cinquantaine d'hectares dix ans auparavant. Autre constat : durant cette même période, il y a trois fois plus d'exploitations en bio et une surface agricole utile qui augmente à l'identique à savoir 12 % du total contre 4 % en 2010. Quant à la population, elle continue de vieillir puisque le quart de la population paysanne a plus de soixante ans et on monte à la moitié si l'on inclut les plus de cinquante ans. Toutefois, des raisons d'espérer existent puisque les effectifs des lycées agricoles augmentent : forte hausse de 22 % des apprentis en 2020 (45 717 en 2020 contre 37 425 en 2019). Hausse également du nombre d'élèves, qui passe de 154 404 en 2020 à 155 620 à la rentrée 2021[78].

Autant de raisons pour en finir avec notre naïveté chronique, mâtinée de culpabilité vis-à-vis des pays dit « émergents », alors que beaucoup d'entre eux ne le sont plus vraiment. On ne peut

77. INSEE FOCUS n° 212, paru le 23/10/2021 : « Résultats provisoires du recensement agricole 2010/2020 », ministère de l'Agriculture paru le 10 décembre 2021.

78. Présenté ainsi sur le site AOC : « François Flahault est directeur de recherches émérite au CNRS et membre correspondant de l'Institut d'Études Avancées de Nantes. Il anime le séminaire Anthropologie générale et philosophie à l'EHESS. Dernier ouvrage paru : L'Homme, une espèce déboussolée. Anthropologie générale à l'âge de l'écologie, Fayard, 2018 ».

donc qu'adhérer à certaines propositions émises par Christiane Lambert lors de ses vœux 2022. La patronne de la FNSEA réclamant « d'imposer, au niveau européen, des "mesures miroirs" à l'ensemble des produits agricoles importés. En clair, la réciprocité en matière de taxation. Elles doivent être maintenant identiques dans les deux sens alors que nombre de pays bénéficient encore d'une taxation moindre que les agriculteurs européens quand ils exportent depuis leur pays. Dans le même ordre d'idée, elle réclame l'arrêt de ce qu'elle nomme les « surtranspositions franco-françaises ». Ce défaut typiquement français où, aux normes européennes, on ajoute des normes françaises encore plus contraignantes. Un côté bon élève de la classe qui profite surtout aux autres pays d'Europe.

Reconnaissons aux premiers écologistes d'avoir alerté sur les dérives de la surproduction et sa chimie débridée qui n'ont fait que rendre stériles des terres agricoles qui commencent à manquer cruellement, notamment dans les pays du Sud. Dès lors, même s'il n'est pas de même intensité que les guerres et les pandémies, un autre facteur doit être pris en compte qui nous impose de revoir nos modes de vie depuis quatre-vingts ans : la fameuse sobriété. Particulièrement chez nous qui, durant toute cette période, avons vécu dans le cocon d'un « État-providence » installé au sortir de la Seconde guerre mondiale. Croire que les arbres montent au ciel est une illusion.

Leurs successeurs ont aussi engendré leurs « petits monstres » avec un activisme de plus en plus intolérant et de plus en plus violent. Si la bataille autour d'un nouvel aéroport à Notre-Dame-des-Landes pouvait avoir quelques raisons, il n'en va pas systématiquement de même pour chaque décision qui dérange. La dernière querelle en date à propos d'une bassine à Sainte-Soline, dans les Deux-Sèvres, est édifiante. Certes, ce réservoir géant pompe une partie de la nappe phréatique mais dans une période hivernale (afin d'être utilisée dans les moments de sécheresse) ; seulement dans la couche superficielle selon les agriculteurs. De leur côté, les opposants à ce projet ne veulent rien savoir et refusent tout dialogue. Aveuglés par leur jusqu'au-boutisme et croyant gagner une bataille comme les précédents, ils n'ont réussi qu'à sectionner une canalisation qui... appartenait à une exploitation privée, sans aucun lien avec la bassine ! À ce niveau-là, la bêtise le dispute au fanatisme. Ces querelles picrocholines sont-elles vraiment de mise à un moment où, comme on ne cesse de le répéter, la guerre est revenue en Europe ? Un contexte qui risque d'impacter fortement les agriculteurs, alors que chaque pays tend à s'assurer une souveraineté alimentaire. Comme évoqué dans le chapitre 2, la souveraineté alimentaire voulue par le général De Gaulle a très vite permis de s'exonérer des contraintes extérieures. Et des fanatiques de salon voudraient nous y replonger ? Cela s'appelle scier la branche sur laquelle nous sommes assis. Même s'il faut tendre à se libérer des intrants chimiques et produire en limitant l'eau nécessaire, la terre ne se change pas d'un claquement de doigts, comme on zappe devant sa télé. En ces temps troublés, un peu de maturité ne saurait nuire...

Bien sûr, comme le souligne le philosophe et anthropologue François Flahaut 3 dans un texte publié sur le site en ligne AOC[79], il est temps de changer notre comportement : « Les bons sentiments ne suffiront pas à instaurer le nouveau rapport aux choses et aux autres qu'exige la transition écologique. Celle-ci implique une sérieuse révision de nos cadres de rationalité. Il s'agit d'abord de replacer l'économie dans l'ensemble plus vaste dont elle fait partie : le système Terre, le monde du vivant, sans oublier la vie sociale dont le confinement nous rappelle le caractère vital. Créer un milieu de vie favorable à l'existence humaine exige, enfin, une meilleure connaissance de ce que nous sommes en tant qu'êtres humains ».

Précisant un peu plus loin : « Notre existence, en effet, ne repose pas seulement sur les biens marchands et sur les fonctions que nous remplissons dans l'activité économique. Notre existence

79. Le site en ligne AOC se présente comme un quotidien d'idées qui entend prendre de la hauteur. Son acronyme signifie « Analyse, Opinion, Critique ». Un article par item est publié chaque jour sur tous les thèmes. Comme précisé sur le site : « AOC est un quotidien d'auteurs. Conçu par des journalistes, il est écrit par des chercheurs, des écrivains, des intellectuels, des artistes et... des journalistes ».

passe nécessairement aussi par des relations non fonctionnelles, autrement dit les relations humaines que nous recherchons et cultivons pour elles-mêmes. Or, de telles relations ne pourraient s'établir et s'entretenir sans le vaste ensemble de ce que les anthropologues mettent sous le mot de culture : langage, institutions, droit et autres modes de régulation, aménagements de l'espace et du temps, modes de relation à la nature, monuments, artefacts, arts de faire, manières d'être et pratiques relationnelles, savoirs, traditions intellectuelles et artistiques, systèmes de santé et d'éducation. Bref, un immense éventail de biens communs matériels et immatériels, naturels et culturels au sein desquels les biens marchands circulent, et en symbiose avec lesquels ils réalisent leur valeur d'usage ».

De son côté, Thierry Breton, Commissaire européen au marché intérieur, voit en cette période de mutation une bonne nouvelle : « La transition écologique entraînera une révolution industrielle d'une ampleur inédite ». Acceptons-en l'augure. À condition toutefois de mettre les moyens financiers en regard pour accélérer la Recherche sur le vivant. Comme évoqué plus haut par l'institut Montaigne, cibler les investissements là où on a le plus de chances d'aboutir. Refuser une politique agricole punitive, et augmenter les aides de ceux qui adopteront les bonnes pratiques afin d'accélérer notre changement. Accepter également une indemnisation à l'hectare pour chaque agriculteur puisque, sans eux, pas de paysage harmonieux. Voilà pour la terre, mais il y a également la mer. Un précieux atout français, à la fois environnemental, économique et stratégique.

Si on se réfère à l'analyse de Jean-François Dobelle[80], sur le site gouvernemental Vie-publique, la mer est notre atout majeur pour le vingt-et-unième siècle :

« Si l'on englobe à la fois les espaces maritimes sur lesquels elle

80. Jean-François Dobelle est diplomate et ancien ambassadeur de France en Norvège.
Le site Vie-publique.fr est présenté de la façon suivante : « c'est un site gratuit d'information qui donne des clés pour comprendre les politiques publiques et les grands débats qui animent la société. Le site est réalisé par la DILA (Direction de l'information légale et administrative), rattachée aux services du Premier ministre ».

exerce sa pleine souveraineté (eaux intérieures et mer territoriale) et ceux sur lesquels elle exerce des droits souverains à des fins principalement économiques (plateau continental et zone économique exclusive), (la France) est bordée par près de 22 860 km de frontières maritimes avec 30 États, soit plus que tout autre pays dans le monde. Avec certains de ces États, la France a d'ailleurs plusieurs frontières, dont quatre avec le Royaume-Uni, deux avec l'Australie ainsi qu'avec l'Espagne. À ce jour, plus de 17 000 km ont fait l'objet d'accords de délimitation bilatéraux, soit, les trois quarts du total ».

Un potentiel considérable, à la fois économique et stratégique, mais un potentiel à gérer avec acuité. Ne faisons pas avec la mer toutes les erreurs, voire les écocides que nous avons commis avec nos sols. S'il est de plus en plus nécessaire et judicieux de mettre en avant les ressources qu'offrent la faune et la flore marine, on ne peut le faire sauvagement. Les algues, par exemple, sont un marché en plein essor qui recèle mille possibilités nutritives et industrielles, mais pas seulement. Comme évoqué dans un court ouvrage édité par le Centre d'études stratégiques de la Marine[81], il en va aussi de notre santé : « Les bénéfices de santé liés à la consommation des algues ont été mis en avant à travers des études épidémiologiques. En particulier, certaines études semblent mettre en évidence la faible prévalence de certaines maladies comme les affections coronariennes et certains cancers (sein, colon et prostate) dans des régions fortement consommatrices d'algues ».

Il en est de même pour nourrir les animaux, notamment dans des régions aux températures extrêmes. Des textes anciens rapportent qu'en période de pénurie de fourrage, les Grecs de l'Antiquité avaient pour habitude de laver à l'eau fraîche des algues qu'ils donnaient à leurs animaux. Toutefois, dans la même revue de la Marine, on alerte sur la nécessaire pérennité des écosystèmes qui doivent rester l'alpha et l'oméga de toute gestion maritime.

81. « Nourrir » N°15 – janvier 2019, édité par le Centre d'étude stratégique de la Marine, sous la direction du capitaine de vaisseau Yves Postec, Rédacteur-en-chef Cyrille P. Coutansais.

Enfin, cette position française qui règne sur un véritable empire maritime est aussi une opportunité pour influer sur une gouvernance mondiale plus responsable. À défaut de réfréner les désirs compulsifs d'accaparement de certains pays, notre nation peut, sans attendre un quelconque consensus, édicter des lois et des règles contraignantes à tous ceux qui souhaiteraient prélever des ressources ou traverser nos territoires marins. Les porte-containers de plus en plus gigantesques et les navires de croisière, véritables HLM flottants, sont une catastrophe pour les fonds marins. Interdire leur venue ou leur passage là où c'est possible serait une nouvelle façon d'alerter les opinions publiques. Il est permis d'en rêver. C'est pourquoi j'ai qualifié cette conclusion de « fatalement provisoire ».

Pour finir, laissons la parole à la biologiste américaine Rachel Carson[82] dans son magnifique ouvrage sur les ravages que provoquent les pesticides violents. Tuant les insectes, ils finiront par tuer les oiseaux. Et qui après ?

Cet ouvrage de référence que toute personne soucieuse de la planète devrait lire, où qu'elle vive, s'intitule « Le printemps silencieux », livre publié en 1962. La prise de conscience citoyenne qui a suivi a permis l'interdiction du DDT et la naissance, outre-Atlantique, du mouvement écologiste. Les dernières lignes de son ouvrage sont sans ambiguïté :

« Vouloir contrôler la nature est une arrogante prétention, née d'une biologie, et d'une philosophie qui est encore à l'âge de Neandertal, où l'on pouvait croire la nature destinée à satisfaire le bon plaisir de l'Homme. Les concepts et les pratiques de l'entomologie appliquée reflètent cet âge de pierre de la science. Le malheur est qu'une si primitive pensée dispose actuellement des moyens d'action les plus puissants, et que, en orientant ses armes contre les insectes, elle les pointe aussi contre la terre ».

82. Rachel Carson (1907 – 1964), biologiste marine et « nature writer » a également écrit « La mer autour de nous ». Préfacé par l'ancien vice-président américain, Al Gore, « Le printemps silencieux » (édition Wild Project), a été vendu à plus de deux millions d'exemplaires. Le magazine Time a classé Rachel Carson parmi les femmes les plus influentes du vingtième siècle.

Ce texte, elle l'a écrit il y a soixante ans ! Depuis nous n'avons pas fait beaucoup de chemin. Pas assez en tout cas pour être sereins.

Enfin, ma dernière pensée va à Thierry, mon ami betteravier qui doit se dire : « Tout ce temps perdu ! Alors qu'en soixante années et des moyens en rapport avec l'enjeu, la recherche aurait sans doute déjà trouvé quelques alternatives plus naturelles. Parce qu'en empoisonnant les insectes et les abeilles, on empoisonne aussi les paysans ».

SI J'ÉTAIS...

SEULS OU ENSEMBLES

Si j'étais patron d'un groupe de grandes surfaces, en premier lieu, je changerais totalement, avec mon équipe, le sens de notre projet.

Jusqu'à maintenant, la mission d'un groupe de grandes surfaces pouvait être simplement de nourrir les populations locales. Aujourd'hui, ce n'est plus possible et nous devons prendre nos responsabilités. Nos recettes d'hier pour nourrir les habitants de notre planète nous conduisent progressivement dans le mur.

Comment accepter les difficultés de nos agriculteurs qui parfois les conduisent à des actes désespérés, la dégradation progressive de nos campagnes, les changements climatiques, la perte des repères des consommateurs comme par exemple la consommation de fruits et légumes de saison, le gaspillage alimentaire avec près de 30 % de la nourriture mondiale produite qui termine à la poubelle alors que près d'un milliard d'habitants de cette planète sont en sous nutrition. Et que dire de l'obésité croissante dans la plupart des pays, en particulier chez les jeunes, etc. Je ne l'accepterais pas. J'agirais.

Toutefois, paradoxalement, je vois de nombreuses raisons d'être confiant.

J'agirais fortement d'abord sur l'amont en étant en grande proximité avec le monde agricole, en partant des champs et des élevages. L'agriculteur ou l'éleveur est le maillon central car c'est lui qui préserve la biodiversité, assure le bien-être animal. C'est par lui que l'on devient respectueux de la nature, des sols, des ressources en eau. Il faut donc le protéger, l'aider, l'accompagner, d'autant qu'il y a de moins en moins de paysans.

Je veillerais à ce que nos agriculteurs soient rémunérés de façon juste et avec de la visibilité pour tenir compte des difficultés climatiques cycliques. Je travaillerais avec eux pour proposer à mes clients de la nourriture avant tout locale, de saison, de grande qualité et, bien entendu, abordable en prix. Dès lors, je développerais les produits frais au détriment des produits transformés.

J'agirais fortement aussi sur l'aval, donc auprès de mon client. Je l'informerais avec une totale transparence et sincérité sur chaque produit pour qu'il sache ce qu'il achète.

Je l'informerais, peut-être même je le formerais, sur tout ce qui touche à sa santé. À l'avenir, notre mission serait en fait d'améliorer la santé de la population par la bonne nutrition.

Pour cela, je lui ferais confiance pour faire ses propres choix, les bons, en arbitrant ses achats. C'est donc à un véritable partenariat « commerçant/client » que j'appelle. Seuls, nous serons toujours plus faibles qu'ensemble.

Et si nous le faisions ?...

Yves CLAUDE,
PDG d'Auchan

POUR UNE ÉCONOMIE CIRCULAIRE

Si j'étais président, je lancerais un grand projet qui concernerait toute la France agricole. Il consisterait à faire de notre pays, le pays le plus en pointe au monde en matière d'économie circulaire en misant sur une nouvelle technologie méthanisation.

La Bretagne concentre la majorité de l'élevage français, elle est de loin le plus gros producteur européen d'effluents animaux.

La méthanisation permet de traiter ces effluents et de produire du bio gaz, ainsi que des engrais naturels obtenus en traitant les résidus de la méthanisation par des vers de terre.

Les 35 millions de tonnes d'effluents provenant des élevages bretons permettent (en ordre de grandeur) de produire des engrais naturels en quantité suffisante pour les 12 millions d'hectares cultivés en France.

Le gain en matière de commerce extérieur est considérable puisqu'on pourrait réduire les importations de gaz et se passer de la majorité des engrais chimiques eux aussi importés (on parle de 5 milliards d'euros).

L'atout des engrais naturels et de restaurer la qualité des sols, appauvris par 50 ans d'utilisation excessive d'engrais chimiques. Dans le cas de l'utilisation des engrais naturels, ce sont en effet les racines qui vont chercher la nourriture des plantes. En grossissant, elles vont permettre de fixer une quantité considérable de CO2 (certaines estimations donnant 4t/ha/an soit 50 mm au total).

Avec l'explosion des prix de l'énergie et des engrais chimiques, les méthaniseurs, s'ils sont de taille suffisante, s'autofinancent facilement.

Cerise sur le gâteau, les sols vont redevenir meubles, protégeant les fleuves du déversement actuel des nitrates et la valeur des terres grandira, autre coup de pouce donné aux agriculteurs qui, entre nous, le méritent bien !

Xavier FONTANET,
Ancien Président du groupe Essilor et
Professeur de stratégie d'entreprise

Cours de Xavier FONTANET, BFM Stratégie N° 156

Ecologie circulaire

- L'image des cultivateurs et des éleveurs est mauvaise dans le pays
- Une stratégie créative autour de l'économie circulaire peut tout changer`
- De nouvelles technologies sont disponibles et le permettent
- Cette présentation est une proposition
- Tout se fera par autofinancement pas un centime à investir ! Pas un !

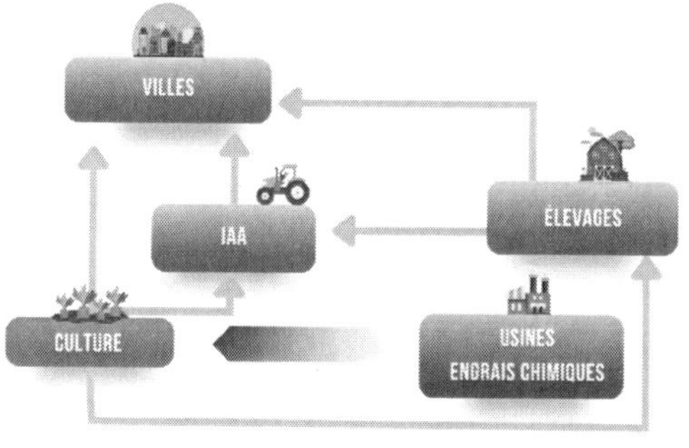

Agriculture :les problèmes ne manquent pas !

- Balance commerciale déficitaire en termes d'engrais chimiques
- Les rivières polluées par les nitrates
- Odeurs liées à l'épandage
- Des terres qui s'appauvrissent et des prix qui chutent
- L'eau ruisselle
- Des tracteurs qui doivent labourer de plus en plus profond
- Un bilan carbone médiocre
- ....

Consommation d'engrais (kilogrammes par hectare de terres arables)

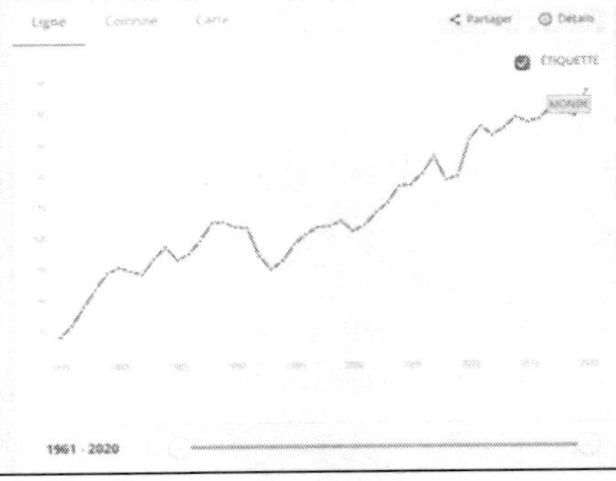

Peut on imaginer une stratégie qui décoiffe ?

- On va s'intéresser a un sous produit qui n'est pas valorisé ici alors que certain pays (la Chine) lui accordent une énorme valeur ...
- ...les effluents d'élevage

Deux inventions majeures le concernent :

- **La méthanisation**

Production de gaz à partir d'effluents animaux
Production granulats ayant des caractéristiques d'engrais de base

- **La digestion par vers de terre**

Production d'un fertilisant issu de la digestion des produits de méthanisation

NB: on va travailler en ordre de grandeur

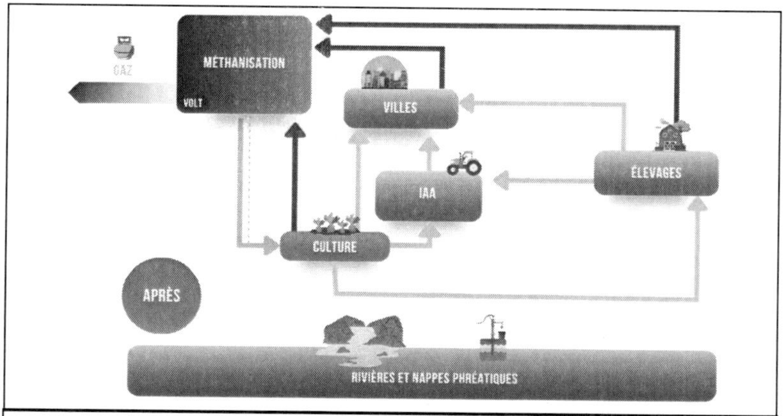

Ordres de grandeur

- Cultures 12,5mm ha
- Effluents animaux et humains 50 mmt (brut) 18mmt (net cad secs)
  - Allant aux pellets 15,5 mmt soit 1,25T/ha
  - Digérés par les vers 2,5mmt* soit 50kg/ha
- *2,5mmt digérés font 600000 t de digestat

La stratégie est claire

Aujourd'hui

- Epandage 40%
- Engrais naturel 2%
- Engrais chimiques 58%

Demain

- Epandage 5%
- Engrais naturel 85%
- Engrais chimiques 15%

La guerre d'Ukraine fait exploser le prix des engrais chimiques

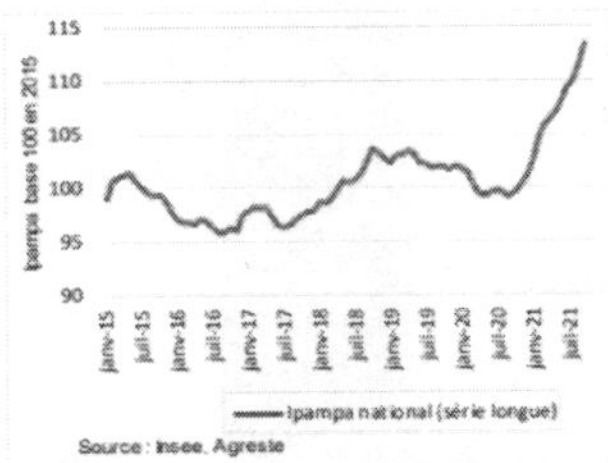

La rentabilité de la méthanisation va monter

- 150 mille t aujourd'hui

- Investissement 15mm€
- CA gaz 4mm€
- CA engrais 2mm€
- Couts fixes 3,5mm€
- Marge 2,5mm€
- Rentabilité 12%

- 50000mT (+vers de terre) dans 15 ans

- Investissement 6500mm€+
- CA gaz 2600mm€
- CA engrais 1500mm€
- Couts fixes 750mm€
- Marge 2000mm€
- Rentabilité 30%

- +20*(50000000/150000)
- (Equipements de vers de terre :5 millions € pour 150mille t)

30% par an pendant 30 ans c'est une multiplication par 50

- On substitue les engrais chimiques (ca annuel 1,5 mmm€ avant crise)
- 30% de croissance sur 15 ans c'est une multiplication par 50
- Investissement autofinancé 20*18/,15=2,4 mmm€
- Activité à terme

Gaz	8*50/, 15=2, 6 mmm€
Engrais	1,5 mmm€
total	4,1 mmm€

Augmentation de la valeur des terres

5000€/ha sur 10 ans soit 500€ par an
12,5mm*500= 6,25 mmm€

Captation de CO_2 on irait vers la neutralité du pays

- 5 tonnes par ha et par an
- 12,5mm*5 = 62,5 mmt

Par la techno et avec une bonne stratégie

- Autofinancement de l'investissement
- Un chiffre d'affaires de 2,6 milliards € de gaz
- Substitution des engrais chimiques 1,5 milliard €
- Augmentation de la valeur des terres
- Apport puissant à la décarbonisation de l'économie
- Contribution à la balance commerciale
- Rivières plus propres

Alors la création de valeur est gigantesque sans oublier que l'affaire s'autofinance pourquoi hésiter ?

- La création de valeur est gigantesque en insistant sur le fait que l'affaire s'autofinance !
- Le capital terre recommence a monter (valeur des terres et crédit carbone)
- La balance commerciale s'améliore considérablement

Une histoire de fou !

On crée de rien une activité presqu'aussi importante que celle de la viande

Pourquoi ces oppositions des uns et cette indifférence des autres ?

CRÉER UN PONT CAPITALISTIQUE ENTRE LES DIFFÉRENTS ACTEURS

Si j'étais un patron de la grande distribution, je m'efforcerais de faire comprendre à mes pairs de l'écosystème alimentaire que la souveraineté alimentaire est un véritable levier d'attractivité (clients et collaborateurs), d'efficacité (écologique et logistique) et de résilience (chaîne d'approvisionnement / « cost of goods ») qui sont les seuls trois curseurs qu'une entreprise a entre ses mains pour contrebalancer les effets de bord d'un contexte économique et social fait aujourd'hui d'anormalités permanentes (économique, social, géopolitique, écologique...)

Les sujets de souveraineté étant intrinsèquement liés aux besoins de résilience (non pas d'une entreprise mais d'une société) et que la résilience est, elle, directement liée à la notion d'écosystème, la souveraineté alimentaire doit donc se construire sur l'écosystème de l'alimentation.

Concrètement, me concernant :

Je construirais un panier alimentaire minimum sur lequel mon enseigne s'engagerait à avoir un contrôle très renforcé sur toute la chaîne d'approvisionnement au dépend de la marge (diversité des fournisseurs et de leur origine, tout en priorisant le local) pour garantir ma fonction première en cas de grands événements perturbateurs (guerre / crise économique ou sanitaire / catastrophe écologique...)

Je construirais des ponts capitalistiques avec mes petits fournisseurs locaux à travers des véhicules de type GIE afin d'aligner les intérêts entre les fournisseurs locaux, mes consommateurs et les actionnaires, mais aussi renforcer certaines filières à risque.

Je m'engagerais auprès de mes consommateurs pour que les produits locaux vendus à faible volume de vente aient des conditions spécifiques auprès de mes centrales d'achat afin de supporter (et permettre de grandir) l'émergence de petits producteurs locaux.

Si j'étais un patron de la grande distribution, j'œuvrerais donc à ce que mon écosystème prenne conscience que notre pérennité individuelle se joue dans l'ouvrage commun qu'est la souveraineté alimentaire.

Augustin VAN RIJCKEVORSEL,
CEO de Circle Strategy,
acteur de la souveraineté intellectuelle

GARDIENNES DE NOTRE INDEPENDANCE

Si j'étais patron d'un groupe de grandes surfaces j'investirais dans l'éducation des jeunes à l'alimentation en permettant à chaque jeune d'aller dans une ferme au contact des agriculteurs, seul entrepreneur dont il a besoin trois fois par jour.

Combien coûte le juste prix d'un litre de lait, d'un kilo de tomates, d'un kilo de pâtes dans des conditions qui permettent de maintenir une production agricole en France ?

La réponse sera bien différente entre le producteur ou le distributeur mais pourtant ils ont un défi en commun : sensibiliser le consommateur qui connait le prix de tout mais ne sait plus le coût de rien.

Nous avons 160 000 fermes à reprendre dans les 5 ans en France et devons attirer des entrepreneurs de talent pour relever ce défi. Cela dépendra de notre capacité à leur assurer une rémunération, du temps pour eux et de les accompagner dans la mise en place de pratiques agricoles régénératrices leur permettant de prendre soin de leur terre.

Cela passe nécessairement par un engagement de tous les maillons de la chaîne de valeur pour sensibiliser massivement les futures générations en instaurant une éducation à l'alimentation et à la production agricole.

S'investir collectivement pour transmettre cette connaissance du vivant permettra également de comprendre combien il est important de prendre soin de nos terres agricoles. Elles représentent 50 % de la surface de notre pays. Elles sont une solution majeure au défi climatique par leur capacité à stocker du carbone. Ainsi, elles sont les gardiennes de notre indépendance et de notre sécurité alimentaire, garante de la préservation d'un monde en paix.

Audrey BOUROLLEAU,
Fondatrice et Présidente du concept Hectar
(Hectar est un établissement d'enseignement supérieur privé spécialisé dans la formation aux métiers agricoles et de reprise d'exploitation)

Si j'étais Président de la République, je créerais un ministère de l'eau pour protéger et partager cette ressource en associant écologie et économie. L'eau est source de vie et la bonne gestion de ce patrimoine commun, en quantité et en qualité, permet de mesurer la résistance des civilisations.

Rappelle-toi que « L'eau que tu bois A connu la mer » (Eugène Guillevic)

Thierry LE BIHAN,
Maire de Mordelles (35)

Directeur de publication

Xavier WARGNIER
Retrouvez-moi sur
www.facebook.com/xavierwargnier
http://Tweeter.com/xavierwargnier
http://fr.linkedin.com/in/xavierwargnier

Suivez la chaîne vidéo YouTube et la page Facebook des Editions Kawa
http://www.youtube.com/user/KawaEditions
http://www.facebook.com/editions.kawa

ISBN : 978-2-36778-283-6

Dépôt légal : mai 2023

Editions Kawa
88, Chemin des Perrières - 74290 Bluffy - France
www.editions-kawa.com

Directeur Éditorial
Henri Kaufman

Coordination
Sylvie Frin

Conception graphique et réalisation
Chloé de Montaubert

Achevé d'imprimer chez SoBook le 16-05-2023

Linselles - France

N° impression : 842 215